最凶の恋人 —for a moment of 15《フィフティーン》—

水壬楓子
FUUKO MINAMI

Illustration
しおべり由生

SLASH
B-BOY NOVELS

この物語はフィクションであり、実際の人物・
団体・事件等とは、一切関係ありません。

CONTENTS

for a moment of 15 —十五の頃—

1

「――あれ？　遥《はるか》先生！」

明るく飛んできた背中からの声に、朝木《あさぎ》遥は眺めていた小ぶりな切り子のグラスを手にしたまま、ふっと振り返った。

パタパタと大きな笑顔で小走りに近づいてきたのは、国香知紘《くにかちひろ》だ。

かつて遥が教員をしていた頃の教え子で、今は――どういう関係になるのだろう？

一番まわりに説明しやすいのは、やはり教師と教え子で、知紘もいまだに遥のことは「先生」と呼んでいる。それは多分、他に何と呼べばいいのか難しい、呼びようがない、ということもあるからだろう。

なにしろ知紘は、遥の「男」である神代会《かみしろかい》系千住《せんじゅ》組組長、千住柾鷹《まさたか》の一人息子だ。

柾鷹の率いる千住組の中でも、その千住組が属する神代会でも、広く柾鷹の「愛人」と認知されている（否応なく）遥とは、見ようによっては、義母と継子、の関係性にも近い。

実際遥は、知紘の在籍している地方の中高一貫、全寮制の私立学校を退職したあと、なんだかんだ、紆余曲折の末、今は千住の本家——の離れ、に暮らしていた。

つまり、知紘の実家になる。

知紘からすれば、帰省で家に帰ってきたら遥がいる、という状況なのだ。

とはいえ、知紘と遥の関係はきわめて良好で、ヘンな緊張感などはなかった。むしろ今も、懐いてくれている。

……そして、同情もされているらしい。

あんなヤクザな（文字通り）父親に目をつけられたことに、だ。

おかげで遥も、なかなか波瀾万丈な半生を送ることになってしまった。

が、まあ、結局は自分が選んだ人生だから仕方がない。

八月上旬——。

学生たちは夏休みのまっただ中で、ふだんは寮生活の知紘たちも帰省してきていた。

知紘と、そして、知紘の守り役《もやく》である、生野祐哉《いくのゆうや》だ。

二人とも、青春まっただ中の高校三年生。

遥は、知紘が中学一年の時の担任だったのだが、まだ十二歳当時の知紘は体つきも華奢《きゃしゃ》で、女の子のように可愛《かわい》らしく、可憐な顔立ちだった。うっかりすると、本当に少女に間違えられるくらいに（そういえば、学園祭でもしっかり女装をしていた。本人的にもノリノリで）。

今は身長も伸び、体格もしっかりとしてきたが、やはりなかなかの美少女っぷりだ。学校でも人気者だろう。

いかにもヤクザ風体の強面である父親の柾鷹とはまったく似ていないのだが、しかし、中身はそっくりな親子である。

基本的に我儘《わがまま》で、自分に自信があって、自分を押し通す。よくも悪くも素直なのだ。

そして図太く、計算高く、時に冷酷で。

無邪気な笑顔の裏で、時折見せるそんな表情は、末恐ろしく感じる時もある。

さすがはヤクザの跡目だな、と。

だが学校では教職員や同級生たちをはじめ、ふだんの無邪気な知紘を見てヤクザの息子だと気づく人間は、まずいないだろう。

国香、という今の名字も、書類上でだけ、柾鷹の知り合いの弁護士のところに養子に入っていた。穏便な学生生活を送れるように、という配慮のようだ。

柾鷹自身は、学生時代、特に隠してもいなかったが、それでも自分の学生生活には考えるところがあったのだろうか。

そして生野の方は、千住系列の組長の息子のようだが、五歳の頃から知紘の遊び相手、守り役として本家で暮らしているらしい。

そのため、常に知紘と行動を共にしている。

明るく、愛想よく、よくしゃべる知紘とは違って、口数も少なく、長身で引き締まった体格や、顔立ちもしっかりと男っぽい。空手の有段者で、インターハイにも個人で出場を決めている。

そして、右の頬に走るくっきりとした深い刀傷は——とてもカタギには見えないだろう。

どう見ても高校生の持つものではないが、以前、知紘の身を守りきれなかった時、ケジメとして自分でつけたものだ。

移植手術を受ければ、傷口を目立たなくすることもできるはずだが、本人は戒めのためにこのままでいいという希望で、知紘の方もそんな生野が一緒でも気にしていないらしい。

むしろ、明るく天真爛漫（に見える）知紘と一緒にいることで、異質さが中和されているのかもしれない。

もちろん初対面だとぎょっとしてしまうだろうが、外を出歩く時には、今のように襟を立てたり、薄地のスポーツタオルを巻いたりして、目につかないように気をつけているようだ。

二人とも、帰省している時には遙もよく顔を合わせているとはいえ、こんなところで——都内のデパートで、ばったりと出会うのはめずらしい。

「すごい偶然っ。どうしたんですか？　こんなとこで」

明るく聞いてきた知紘の後ろで、生野がペコリと頭を下げる。

「まさか、父さんへのプレゼント……じゃないよね。誕生日でもないし、そんなおしゃれなものでお酒飲んでてもすぐにぶん投げて壊しそうだし。……あ、むしろ、部屋住みの誰かがうっかり割ったりしたら半殺しにされそうで、みんな触りたくないかも」

ちろっと遙の手元を見て、的確に指摘した知紘に、ハハハ…、と遙は力なく苦笑する。確かに、柾鷹にプレゼントするものはよく吟味しないと、いろんな迷惑を被る組員たちが出てきそうだ。

割れ物はダメだな、ととりあえず、頭のメモに書き記した。

「いや、アメリカにいた時の大学の恩師が今度退官するから、何か記念に贈ろうかと思って。ちょっと考えていたんだよね」

日本酒と切り子のグラスのセットにしようか、それともお銚子《ちょうし》とお猪口《ちょこ》のセットがいいか、と迷っていたのだ。

「知紘くんたちはどうしたの？」

高校生が買い物に来るには、若干、年齢層が高い場所のような気がする。贈答に使うような、高級ブランド品の扱いが多く、服にしても、日用品にしても、学生相手のカジュアルな店は入っていない。まあ、知紘なら金に困ってはいないのだろうが。

父親から小遣いをいくらもらっているのかは知らないが（もしかしたら、特にもらっていないのかもしれない）、ふだん生活している地方の全寮制の学校では使う場所もなく、亡くなった千住の先代からは、かなりの額の現金を生前贈与されているようだ。そうでなくとも、系列のご年配の組長さんたちに絶大な人気を誇る知紘は、社会人の給料並みのお年玉だの、お小遣いだのをもらっているらしい。

「生野の誕生日のプレゼント、買いに来たんだよー。誕生日、もう過ぎちゃったんだけど、……ほら、その頃、ちょっとバタバタしてたから」

あはは、と知紘は軽く笑ってみせたが、遙は思い出してちょっと顔を引きつらせた。

その「バタバタ」というのは、具体的には「誘拐」だ。

先月、知紘は生野に内緒で、一人、先に帰省してきたのだ。どうやら、生野の誕生日プレゼントを内緒で選びたかったらしい。

しかし空港でいきなり拉致され、——ただ、拉致されたことがしばらくはわからず、行方不明の状態だった。千住としてもかなり緊迫した時間だったと思う。

時間的には半日くらいで、怪我《けが》もなく助け出され、遙もあとになってその事実を知ったくらいだったが、まったく笑いごとではない。

確かにもともと肝の据わった子ではあるが、普通ならトラウマになりかねないのだ。

知紘が行方不明になったと聞いて、学校で空手部の合宿に参加していた生野は、血相を変えて帰ってきた。……らしい。

もし知紘に何かあったとしたら、今度は右の頬にも大きな傷ができていたはずだ。いや、傷だけではすまなかったかもしれない。

それ以降、生野はますますべったりと知紘に張りついていた。

まあ、知紘の方もそれをうっとうしがるわけでもなく、普通に受け入れていたので、二人からすると別に問題はないのだろう。

……正直、遙が柾鷹にこんなにくっつかれていたら、蹴り倒したくなる衝動を抑えられない気がするのだが。

「いえ…、俺は、特にプレゼントとかいらないって言ったんですけど」

生野が少し困ったようにおずおずと口を開く。

ふだんから日常生活において必要最小限のものしか持たず、身につけず、生野の場合、今時の高校生とは思えないストイックさだ。

「僕があげたいのっ」

それにぴしゃりと知紘が言い返した。

「おしゃれめのスヌードとか、いいかなー、って思って。夏向きの涼しいの。首の日焼け防止にもなるしね」

うきうきと言った知紘に、遙はなるほど、とうなずいた。

頬の傷を隠すこともできそうだ。

知紘にとっては、恋人へのプレゼントを選ぶ時間自体が楽しいのだろう。

ほんの幼い頃からずっと一緒にいる二人が、いつから付き合い始めたのかは知らないが、どうやらしっかり恋人関係らしい。

元担任とはいえ、恋愛禁止、とは言いづらかった。

自分と柾鷹とだって、高校生の時からの関係なのだ。

……遙にとって、その頃はとても「恋愛」とは呼べなかったけれど。

柾鷹にとっては、おそらく「執着」で、遙にとっては「慣れ」と「あきらめ」と、……あとは何だろう？

めんどくさいし、うっとうしいし、まわりの自分を見る目も変わったし、……しかし、何か不思議な気持ちはあった。

なぜ、自分なのだろう――、と。

柾鷹は遙のことを「お守り」だと言うが、なぜそれが自分だと思ったのか。

まあ、結局のところ、柾鷹にとっては野生の勘、みたいなものなのかもしれない。

基本的には人生すべて、直感で生きているような男だ。

……そして、その勘が働かなければ生きていけない世界で。

「あ、そうだ。先生、もう、お昼は食べた？　まだなら一緒に食べに行こうよっ」

「ああ…、いや、まだだけど」

ちらっと時計を見ると、そろそろ一時になろうという頃だ。

「そうだな。めったにない機会だし、どこかで一緒に食べようか」

そういえば、知紘たちと外食という機会は、今までなかったかもしれない。学校の学食では、たまに一緒になったこともあったけれど。

「やった！　父さんに自慢しよ。途中で、写真、送ってやろーっと」

うきうきと知紘が声を弾ませた。

さすがに知紘は、父親に嫌がらせをするチャンスを逃さない。

柾鷹があとでぎゃんぎゃんうるさそうだな…、と遙は思わず苦笑いする。

「何か食べたいもの、ある？」

「遙先生は？」

「特に考えてなかったから……、何でもいいよ」

そんな答えに、うーん、知紘がちょっと考えこんだ。生野の方は特に口を挟まず、知紘の好みに合わせるのだろう。

「先生と行くなら、寿司とか鉄板とか、ちょっと高級な店でもいいのかなー。あっ、でも、ポップでおしゃれな店でもいいな。とーさんが入ってきたら、警察呼ばれそうなとこ。絶対、そんな店で遙先生とデートできないもんねー。むっちゃ、悔しがりそう」

「知紘くん……」

それが基準なのか。

ちょっと困った顔の生野と目が合って、思わずおたがい苦笑いする。

生野にしてみれば、「組長《おや》」である柾鷹と、恋人の知紘との間で、なかなかの板挟みになることも多そうだ。

ともあれ、デパートのレストランフロアで食事をする店を探し、あとのデザートでその「ポップでおしゃれな店」を探すことに話がまとまり、連れだってエレベーターホールへと向かった。

「そういえば、知紘くんたちは大学、決まったの？」

ふと思い出して、遙は尋ねた。

二人とも、高校三年の受験生だ。

天王山《てんのうざん》と言われる夏休み、暢気《のんき》に買い物をしていていいのか？

と、元担任としてはちょっと心配になる。今までも、ちょこちょこと相談には乗っていたのだが、最終決断はまだ聞いていなかった。

とはいえ。

「生野くんはスポーツ推薦なんだよね？」

なにしろ空手の全国覇者も視野に入るくらいだ。大学からは引く手あまただろう。

柾鷹や遙自身も卒業生であり、遙がしばらく教員を務めていた瑞杜《みずもり》学園は、全国レベルの運動部がいくつもある。大学のスカウトも注目しているし、毎年多くの学生がスポーツ推薦で大学へ進学していた。

「あ、はい。いくつか誘いをもらってるんですけど」

「その中で、僕が学校推薦をもらえそうなところに決めようかと思って。学部的にもいいところがあったし」

横からにこにこと知紘が続けた。

当然のように、同じ大学に進学するようだ。どうやら、東京の名門私大が第一候補らしい。知紘はスポーツで目立った成績はないが、学校の成績は悪くない。外面がいい分――言い方は悪いが――学校推薦は楽にもらえそうだ。

「柾鷹にはもう相談したの？」

放任というより、野放しに近い状態だが、とりあえず父親で、唯一の肉親だ。

母親は知紘を生んですぐに逃げた、と聞いていた。まあ、子供の父親がヤクザの息子だと知れば責められないのかもしれない。

知紘は母親を知らずに育ったわけだ。

とはいえ、幼い頃から組の中で育った知紘にとっては、「千住組」を一個の家族と考えると、かなりの大家族になるのだろう。いつも誰かの目があり、誰かが遊んでくれた。

あの男臭い環境では、まさに花一輪、という風情だが、中身はがっつり影響を受けているのかもしれない。もしくは遺伝か。

「ぜんぜん」

遙の問いに、あっさりと知紘は答えた。

「父さんが僕の進路なんか気にするわけないじゃん。遙先生のパジャマの色より興味ないよ」

「そんなことは……」

パタパタと手を振りながらあっさり言われて、遙は思わず引きつった愛想笑いで口にしたが、

……正直なところ、否定できない。

事実、柾鷹は遙のパジャマの色にめっちゃうるさい。

「まー、でもそのうち、ハンコはもらいに行かなきゃね。あ、でもそのくらいなら前嶋《まえじま》に頼めばいいのか」

……ドライだ。

ちょっとため息をつく。

仮にも親子関係がそれでいいのか、という気がして。

柾鷹だって、息子の将来にとっての重大な岐路になる選択には関わりたいだろう。

……と、思うのだが。

まあ、でも気にしないか、あの男は。

知紘の将来にしても、「千住組の跡目」を本人も自覚しているようだし、大学時代はそれまでのちょっとした猶予期間というか、普通の、カタギの世界を体験する社会勉強といった期間なのだろう。

ただ遙としては、その大学時代に何か別の、自分のやりたいことを見つけるのは、それはそれでアリだと思う。老婆心ながら。

「そうだ。生野くん、インターハイはいいの？　出るんだよね？」

と、思い出して生野に尋ねた。

「直接、会場に行きます。個人だけですし」

「練習は？　どうしてるの？」

学校にいれば、合宿とか遠征とかできるのだろうが。

「若頭《わかがしら》の通ってた道場に、毎日寄らせてもらってるんですよ」

千住組の若頭、狩屋《かりや》秋俊《あきとし》は、ちょうど知紘の守り役についている生野のように、小さい頃から柾鷹についている男だ。柾鷹や遙とも、瑞杜学園で同級生だった。

今もナマケモノな組長を補佐しているわけだが、狩屋がいなければ千住組はとてもまわってないだろう。働き者でやり手の男だ。

そういえば、空手の有段者だった。瑞杜でも空手部に所属していたはずだから、そういう意味でも生野の先輩になる。

「えーと、誰だっけ…、ユーサクの後輩？　の子がやってんだよね？」

思い出したように、知紘が横から言った。

「深津《ふかつ》さんですよね。若頭のボディガードの。朝練で時々、相手してもらってます」

生野がうなずいた。

「え、どっちが強いの？」

ちょっとわくわくした顔で、知紘が尋ねる。

「どうでしょう？　でも深津さん、強いですよ。試合とかはあんまり出たことないみたいなんですけど」

謙遜なのか、生野がそんなふうに答えた。

「あの、のほほんとした顔の糸目がねえ……」

へぇぇ…、と意外そうに知紘がつぶやく。

祐作というのは千住の部屋住みで、深津も狩屋と一緒によく本家に出入りしているので、遙にも顔馴染《かおなじ》みの男だ。

確かに、一見強そうには見えない。し、そもそも武道をやっているようにも見えないが、どうやら見かけによらないようだ。

「狩屋に相手をしてもらった方が練習になるんじゃないの？」

「さすがにそれは……。若頭に俺の練習相手なんかしてる時間はないでしょう」

小さく首をかしげて言った知紘に、生野がちょっと恐縮したように返している。

環境のせいかもしれないが、無邪気な知紘とは違い、ふだんから高校生離れした落ち着きと気遣いをみせる子だった。

しかしやはり、高校生の夏休みはなかなかいそがしそうだ。

そんな話をしているうちに、エレベーターホールに到着した。

他に待っている客もおらず、呼び出しボタンを押すと、三基あるエレベーターの一つがすぐに上がってきて、大きくドアが開く。

平日だけに、店内もそれほど混雑はしておらず、この分だとレストランも空《す》いてそうだ。

「うわ、まぶしー。外、暑そーっ」

シースルーのエレベーターで、乗りこんだ知紘が外を眺めて声を上げる。

遙がパネルでレストランフロアを指定した時だった。

「ねぇ…、ママは？」

いきなり聞こえたあどけない声に、え？　と遙は目を瞬かせる。

一瞬、空耳かと思った。

が、向き直った視線の——下で、小さな女の子が知紘のシャツの裾を握って、じっと見上げていた。

2

思わず、三人で顔を見合わせてしまった。

四つか五つくらいだろうか。

いったいいつの間に……、どこから現れたのかもわからない。

だがまあ、外の景色に気をとられている間の、扉が閉まる寸前に乗りこんできた、ということなのだろう。

花柄のカントリー風のワンピース姿で、ポニーテールにした、いかにもやわらかそうな髪にはカラフルなヘアピンがいくつもとめられている。

目鼻立ちもぱっちりとして、キッズのファッション雑誌から抜け出してきたような、可愛らしい女の子だ。

「ねえ、ママ……、どこ?」

小さな手で知紘のシャツを引っ張り、ちょっと不思議そうな目で見上げている。

どうやら迷子のようだ。

「えーと」

さすがにとまどったように、知紘も目をパチパチさせる。

「あっ…と」

思い出して、遙はあわてて「開」ボタンに手を伸ばしたが、すでに動き出していたエレベーターはレストランフロアまでノンストップだった。

「仕方ないな……。いったん上がってから、引き返そう」

ハァ、とため息をついた。

「ママと一緒に来たの？」

そしてしゃがんで、視線を合わせて尋ねた遙に、知紘のシャツから手を離さないまま、女の子がうん、とうなずく。

ともあれ、パニックで泣き出さずにいてくれるのはありがたい。

「迷子…、ですか？」

「みたいだねー」

確認するみたいにつぶやいた生野に、知紘がちょっとおもしろそうに答えた。

そしてわずかにかがんで、女の子の手をそっと引き剝《は》がす。

「ほら、そこ引っ張ってると伸びちゃうからねー」

女の子はシャツから手を離したものの、今度は知紘の手をギュッと握った。やはり不安なのだろうか。

　そうやって手をつないでいると、美形の兄妹みたいに見えて微笑《ほほえ》ましい。

「きっといい家の子だね。この服、トッカ・バンビーニみたいだし」

　しっかりと冷静に観察していたらしい知紘に、へぇ…、と思わず、遙はうなってしまった。

　聞いたこともなかったが、子供服のブランドなのだろう。

　エレベーターがレストランフロアに到着してドアが開いたが、遙はそのままもう一度、もといた階数のボタンを押す。

「今頃、この子のお母さん、捜してるんでしょうね」

　再び動き出し、生野がつぶやいた。

「そうだね」

　知紘がうなずく。そして、にっこり笑って尋ねた。

「お名前は？　言えるかな？」

「あのね、りおー」

「りおちゃんかー。今、いくつ？」

「よんさい」

　少し舌足らずに、女の子が片手を広げて答える。……それだと、五つだが。

　しかし受け答えはしっかりしている。

「ああ、でも知紘くんがいてよかったよ。今時、いい大人が小さな子供を連れてると、うっかり変質者か誘拐犯に思われかねないからな」

腕を組み、しみじみと遙は言った。

迷子の保護にも気を遣う世の中だ。

「遙先生は大丈夫でしょ。父さんだったら、そのまんまヤバい人だけど。生野も……、ちょっと怖がられるのかなあ」

くすくすと知紘が笑う。

この子が知紘についてきたのも、やはり一番安全そうに見えたからだろうか。

いったんさっきいたフロアでエレベーターを降り、あたりを見まわしてみるが、特に誰かが捜しているような様子はない。

「このフロアとは限りませんもんね。一人でエレベーターに乗ってたかもしれないし」

ちょっと顔をしかめて言った生野に、遙もうなずいた。

「店員さんにお母さんを捜してもらおうか」

今のところ迷子のアナウンスも聞こえなかったし、近くの店員に預けるのが早いだろう。それか、案内所へ行った方がいいだろうか。

とりあえず、近くの店で迷子のことを伝え、店員と一緒に案内所へ行って、母親を呼び出してもらうことにする。

そこまで連れていくと、もうあとは任せていいかな、とは思ったが、知紘が手を離してバイバイすると、女の子がとたんにぐずりだした。

「懐かれたかな？」

泣き出しそうな様子に、知紘が仕方なく横にすわって付き添ってやっていた。

「めずらしいですね……」

そんな様子に、生野がポツリとつぶやく。

「なんでだよ？」

知紘がちろっと眉を上げて、生野をにらみつけた。

「……あ、えーと、すみません」

あわてて生野が視線を逸《そ》らせてあやまった。

「知紘さん、あんまり小さな子供が得意じゃなかった気がしたから」

「まー、そうなんだけどね。意外と父さんが子供をあやすの、うまかったりするんだよね……。極道のくせに」

知紘が少しばかり悔しそうな顔をしてみせる。

へぇ、と遙は内心でうなった。

柾鷹なんかは、子供が泣き出しそうな強面なのに。

しかしそういえば、ご町内のお年寄りたちとはわりと馴染んで話していて、その孫たちとも気さくな調子でやりとりしている気はする。まあ、小さい子供たちは柾鷹の素性を知らないせいだろうが。

と、担当者が迷子の特徴を書きとって、呼び出しのアナウンスをかけようとしていた時だった。

「──里桜《りお》！」

いきなり高い声が聞こえたかと思うと、女性が一人、小走りに近づいてきた。

三十代後半だろうか。結い上げた髪と上品なスーツ姿で、どこかの高級ブランドだろうが、派手な雰囲気はない。きれいに姿勢の伸びた立ち姿は、大会社の社長夫人にも、自身で代表をしているキャリアウーマンにも見える。

「ああ…、よかった……。びっくりしたわ」

ママっ！と女の子の方もようやく大きな笑顔で、パッと知紘から離れ、母親の方に駆け出していく。

どうやら母親の方も娘を捜しまわったあげく、案内所まで来たようだ。

とりあえず、無事に見つかったようでよかった。

じゃ、行こうか、と知紘たちと視線を交わして、遙たちはそのまま静かに立ち去ろうとした。

「──すみません……！」

しかし背後からあわてたように呼び止められる。

振り返ると、母親がヒールの音を立てて急いで近づいてきた。

あらためて遙と、そして知紘たちを見て、ちょっと驚いたように視線を漂わせる。

生野の刀傷に気づいて、少したじろいだのかもしれない。やはり初見だと、どうしても威圧感はある。

「あの…、ありがとうございました。助かりましたわ。本当に……、気がつくといなくなっていて、あわてて捜していたところだったんです」

それでも気を取り直したように、遙に向かって頭を下げた。

「いえ、見つかってよかったです。あのくらいの子供はすぐに興味がある方へ動いてしまうから……」

微笑んで、あまり非難する口調にならないように用心して言った遙に、彼女がわずかに目を伏せる。

「ええ、本当に私の不注意だったんです。ご迷惑をおかけしました」

あらためて丁重に頭を下げてから、彼女が手にしていたハンドバッグからテキパキと名刺を差し出してきた。

「あの、わたくし、こういう者なんですが」

ずいぶんとご丁寧だ。

「はあ……」

とまどいつつ遙は受けとる。

――中路美咲《なかじみさき》。

肩書きは、ＭＩｓａｋＩビューティーグループ会長。

なるほど、自身が会社を経営しているらしい。しかもグループ企業のようだ。

裏面には関連会社の名前がいくつも挙がっている。遙には馴染みのない美容関係が多いが、そういえば名前は聞いたことがあった。そう、あまり興味を持って追いかけたことはなかったが、株価の方も堅実な動きをしているように思う。

この人が会長か……、とあらためて驚く。

この若さで、相当なやり手のようだ。

「不躾《ぶしつけ》ですが、お名刺をいただけませんでしょうか？　後日、あらためてお礼をさせていただきたいと思いますので」

「ああ…、すみません。今、持ち合わせがなくて。個人の仕事ですので」

美咲が丁寧に言ってきたが、遙は当たり障りなくかわした。

「というと？」

しっかりと食い下がるあたりは、やはりこんなところからも人脈を作ろうという、実業家の習性のようなものだろうか。

「ええと、ファイナンシャル・アドバイザーをしています」

収入的には株取引やＦＸ関係の方がずっと大きかったが、とりあえずそう答えておく。

そしてさらりと続けた。

「特に何かしたわけじゃありませんから、お礼などは結構ですので」

「そういうわけには。……ああ、あなたたちも本当にありがとう。一緒にいてくれて、里桜も心強かったみたい」

横にいた知紘たちに向き直り、美咲がきっちりと礼を言う。

「里桜ちゃん、ぜんぜん泣かなかったし、強い子ですよね」

まっすぐに彼女を見て、にっこりと知紘が微笑む。

「……ええ、ありがとう」

美咲の声が少し震えて泣きそうになっていたのは、やはり今になって恐怖が襲ってきたのかもしれない。

グループ企業会長の幼い子供なら、それこそ誘拐の対象になってもおかしくはないのだ。姿が見えなくなって、相当あせっただろう。

「あの…、よろしければ、お名前をお聞きしても？」

再び遙に向き直り、美咲が尋ねた。

さすがに物慣れた口調で、ノーと言わせない力強さがある。ふだんから、部下たちへも的確な指示を飛ばしているのだろう。

「あ…、ええと。朝木遙といいます」

「朝木、遙さん」

噛《か》みしめるように繰り返して、うなずいた。

そしてわずかに身を乗り出すようにして、遙を強く見つめてくる。

「お願い……、お願いします。一度、こちらにご連絡いただけませんか？　ファイナンシャル・アドバイザーをされていらっしゃるのなら、ちょうどよかった。ぜひ、ご相談に乗っていただきたいこともありますの」

「ああ…、はい。ええと…、では、また後日」

勢いに押される形で、遙はうなずくしかない。

「ありがとう。そちらの番号は直通ですので。時間はいつでもかまいません」

「わかりました」

そう答えると、ようやく安心したように美咲が微笑む。

遙たち三人がエレベーターに乗りこむと、元気をとりもどした里桜ちゃんが、バイバイ、と大きく手を振ってきた。

閉まる扉の間から、遙たちも手を振り返す。

なぜかちょっと疲れた気がして、遙はようやくほっと肩の力を抜いた。

ファイナンシャル・アドバイザーへの相談というのは、単なる口実のように思う。きちんと礼をしたい、という性格なのかもしれないが、どちらにしてもああいう立場の人間が、自分に関わるべきではないのだ。——ヤクザの愛人とは。

どこで足をすくわれるかもしれないし、とばっちりで何かに巻きこまれる可能性もある。

連絡——は約束したが、その時にはあらためて断ろう、としっかり心の中で決めておく。

あるいは、忘れたふりでそのままにしてもいい。

「可愛かったですね、里桜ちゃん」

と、何気なく口にして、生野が小さく微笑んだ。

それに知紘が、横から生野の腕をギュッと引っ張る。

「……ふーん、生野、あんなちっちゃい子に興味があるんだ？」

いかにも意味ありげな口調だ。

四歳の子にも嫉妬するのだろうか？

と、横で痴話ゲンカを聞いていた遙は、ちょっと笑ってしまう。

そういえば自分は、柾鷹のことで誰かに嫉妬したことがあっただろうか？

ふと、そんなことを考えてしまった。

が、あらためて思い返しても、記憶にない。

遙がアメリカへ留学していた間とかに適当な相手はいたはずだし、もちろん、知紘の母親とは
関係を持ったわけだ。

しかし相手の顔も名前も知らないからか、自分といる時の柾鷹がしつこく——よく言えば、一

途に――自分にかまってくるせいか、嫉妬という感情を持て余すことはなかった。

おまえ以外の相手とのセックスは単なるスポーツだ、とかなんとか、前にほざいていたことがあったが。

もしかしたら、唯一、狩屋には似た気持ちを覚えたことはあるが、それは……なんだろう？

決して自分には越えられない絆が柾鷹と狩屋との間にある――、という事実に、少し淋しさを覚えたのか。

だがそれは、恋愛という意味ではない。

「あ…、いえまさか。じゃなくて」

少しあわてて、生野が言い訳している。

「里桜ちゃん、小さい頃の知紘さんに似てましたよ」

「そうお？」

知紘がちょっと首をかしげる。

「僕、あんなに可愛かった？」

「可愛かったです。ちょうど初めて会った頃の知紘さんですね」

「そっか」

生野が真面目《まじめ》な顔でうなずくと、知紘が満足そうににこにこする。

やはりこの二人では、まともな痴話ゲンカにならないらしい。

基本的に、生野が知紘の言葉に逆らうことはない。そして長い付き合いだけあって、知紘の機嫌の取り方もよく心得ている。

遙が知っている知紘は中学へ入学してからだが、確かにあの当時でも、女の子と言われたら信じてしまいそうな可憐さはあった。幼い頃はもっとだろうと想像はできる。

帰ったら、写真を見せてもらってもいいな、とちらっと思う。

柾鷹に聞いてもわからないだろうが、狩屋か、舎弟頭《しゃていがしら》の前嶋あたりに頼めば、すぐにアルバムが出てきそうだ。

「じゃ、ご飯行こっ。早く行かないと、ランチタイム、終わっちゃう」

知紘がちょっとあわてたように声を上げた。

いつの間にかそんな時間になっていた。

「父さんに嫌がらせ写真、送らないと！」

どうやら食事の目的が、少しばかり変わっているようだった――。

3

「おまえ、今日はちーとデートしてたんだってなー？」

その夜、風呂上がりの遙にいかにもおどろおどろしい口調で詰め寄ってきたのは、千住組組長、千住柾鷹だった。

遙がのんびりと髪をタオルで乾かしながらバスルームを出てくると、打ち上がったトドのごとく、リビングのソファにだらしなく転がっていたのだ。

だがまあ、風呂の中まで乱入してこなかっただけ、まだマシだろう。遙に怒られると思ったのか、単に暑かったのか。多分、後者だろうが。

外ではダークスーツでまわりを威圧している強面の男だが、家の中ではたいていラフな作務衣《さむえ》姿でゴロゴロしている。今もソファで、勝手に冷蔵庫の缶ビールを開けていた。

その、ある意味、ありふれた世のオヤジの姿をちろりと横目にし、遙はタオルを首に掛けたまま、テーブルの上にのっていたエアコンのリモコンに手を伸ばした。

二十二度になっていた表示に眉を寄せ、ピッピッピッ、とすかさず二十八度まで設定温度をもどす。

「おいー！」

すかさず柾鷹が抗議の声を上げたが、遙は無視して、リモコンを壁にもどした。

柾鷹が来れば、エアコンのリモコンの争奪戦になる。なにしろ、適温の幅が狭い男だ。というか、単なるワガママだ。

「この家の基本設定は、二十八度だ」

じろっとにらみつけてきっぱりと言うと、むーっと不服そうに唇をとがらせる。

そして缶ビールをぐいっと喉に落としてから、先ほどの話にもどった。

「あいつ、写真、いっぱい送りつけてきやがったぞー。なんか、おまえとうれしそうにパスタ食ってるヤツ」

「ああ…、うん」

もちろんそれは知っている。

結局、昼はパスタの店へ入って、そこで知紘は何枚も、遙とツーショットの写真を撮りまくっていたのだ。そしてその場で次々と、メッセージアプリから送信していた。そのあとで寄った可愛いカフェからも、カップル用のハートのパフェの写真とか、送っていたと思うが。

遙としてはむしろ、柾鷹と知紘の間でＩＤを交換していたことに驚いた。というか、ちょっと安心した。それでも親子の交流はあるらしい。

もっとも、柾鷹自身がメッセージを送ることも、受けることもあまりなく、若頭の狩屋か誰かが代わってチェックしていることが多い。側近が誰かそばにいれば、自分で携帯を持ち歩く必要すらないのだ。

その知紘が送った写真というのも、おそらく通知に気づいた狩屋がチェックして、柾鷹に見せたのだろう。

……何の仕事をしていた最中かわからないが。

神代会の例会の途中とかだったら、ちょっと問題だ。いきなり不機嫌になって、ヘタにどこかの組長に突っかかり、会を紛糾させかねない。

だがまあ、狩屋がチェックしたのなら、タイミングをみて見せたはずだから、おそらく大丈夫だったはずだ。

そんな面倒な手順を踏むくらいなら、初めから狩屋の方に送ってもいいくらいだろうが（むしろ、日常生活の必要性から、知紘も遙も、狩屋とのやりとりの方が多い）、きっちり父親宛てに送るところが、嫌がらせたるゆえんである。

「なんで、ちーとデートしてんだよー？　俺とはしねぇくせによー」

キッチンに入ってミネラルウォーターを冷蔵庫から出していた遙に、ソファから柾鷹がつまらない因縁をつけてくる。

「たまたま外で会ったからだよ。生野くんもいたし」

遙は素っ気なく、事実を返した。

だから別にデートではないのだが、おそらく知紘がそんなふうに思わせぶりなメッセージを入れたのだろう。

「んじゃ、俺と外で会ったらデートすんのか？」

「時間があったら、飯くらい食ってもいいけど。でもおまえ、たいてい車移動だし、外でたまま顔を合わせることなんかないだろ」

まったくの事実を口にすると、チッ、と柾鷹が舌打ちする。

そもそもこの炎天下に、柾鷹が外を歩くことはない。家を一歩出てから目的地まで、ドア・トゥ・ドアのナマケモノなのだ。

「くそっ、あいつら、受験生のくせに遊び歩いてていいのかよ……」

悔し紛れにそんなことを吐き出す。

「ほう、感心だな。知紘くんが受験生だと覚えてたのか」

ちらっと笑って、遙は少々邪魔な柾鷹の膝を押しのけ、ソファに腰を下ろした。

「まぁな…。東京の大学に行くなら、都内にマンションとか用意した方がいいのか、って話を狩屋がしてたし」

柾鷹がポリポリと耳のあたりを掻《か》く。

やっぱり狩屋か。というか、マンション？

「どこにせよ、東京の大学だとは思うけど……、知紘くん、本家から通うんじゃなくて、向こうに部屋を借りるのか？」

遙はちょっと首をかしげる。

単に部屋を借りるか、マンションを買うかも、普通に考えればかなり大きな違いなのだが。

「買った方が早そうだが、どっちにしろ、多分、家は出るだろ。本家にいるとうるせぇし、どのみち生野も一緒に住むんだろうし。大学の付き合いもできると、本家に誰か呼ぶわけにもいかねぇだろうしな」

まあ、それはそうだ。この本家に暮らしながら、普通の学生生活は送れない。

そんな具体的な話になると、だんだんと知紘たちの進学が現実として近づいている気がする。

……まあ少しばかり、普通の受験生とは話の方向性が違う気もするけれど。

「それに先々、知紘がどう動くにしても、拠点は東京になるんだろ」

あっさりと言った柾鷹に、そうか…、と遙もようやく気づいた。

大学だけの話ではない。

将来的に、知紘がどんな「シノギ」をするにしても、おそらく東京で動くことになる、ということだ。

なるほど、うっかり部屋を借りて、近隣住人や大家を何かに巻きこんでもまずい。それを考えると、買った方がいろいろとあとが楽なのかもしれない。

というより、すでに持っている不動産がいくつもありそうではある。もちろん、千住名義ではないのだろうが。

「それにしても、知紘くんたちも来年は高校卒業か……。やっぱり子供の成長は早いな」

知らずしみじみと、遙はつぶやいていた。

遙は、知紘が中学へ入学してきた年の担任だった。

そしてその保護者会で、柾鷹と再会した。

――十年ぶりに。

自分たちが出会った、同じ瑞杜学園で。

『こんなところで待ってやがる』

不敵に笑ってそう言った。

ずっとこの男から逃げていたつもりだったのに、なぜ六年間もともに過ごした場所にもどってきてしまったのか。他に働ける場所など、いくらでもあったはずなのに。

結局、そういうことなのだ――と、自分に認めるしかなかった。

忘れられなかった。忘れさせてくれなかった。

そして柾鷹にしても……、とっくに自分のことなど忘れて、興味を失っていると思っていたのに。

覚えていたことが――まだ自分に執着を持っていたことが、うれしかったのだ。

結局、その年の学年末で、遙は教職を辞した。

さすがに生徒の保護者と不適切な関係（別に、不倫というわけではなかったとはいえ）を続けるわけには、と思ったからだ。

知紘や生野とは、帰省のたびに顔を合わせていたが、あの頃の受け持ちの生徒たちが来年は高校卒業か、と思うと、やはり感慨深い。初めての担任でもあったのだ。いや、最初で最後になっただけに、なおさらかもしれない。

小学校を卒業したばかりの子供が、選挙権もある大人になる。進学や就職や、人生の大きな岐路に立つ。

「勝手に育つモンだよなぁ……」

どこかしみじみと言った柾鷹に、この男でもそんな感慨があるのか、……とちょっと感心していたら。

「センセーには、俺のムスコもきっちり育ててほしいなー」

いかにもいやらしい、にまにまとした顔で、柾鷹が身体を伸ばし、遙の腰に腕を巻きつけて、ソファに引き倒そうとする。

まったく、情緒も何もない男だ。

「おい、よせって」

遙は男の顔面をつかむようにして、邪険に突き放した。

「今週はもう二回、やってるだろ」

躾に厳しいトレーナーのように、遙はピシャリと言う。

際限がないので、週に二回まで、と遙が本家に来るにあたって、しっかり取り決めをしていたのだ。違反した場合は、遙がもといたマンションにしばらく家出する、というペナルティがつく場合もある。

「先週は俺が出張だったから、二回できなかったろー?」

不服そうに柾鷹が唇をとがらせる。

「繰り越しの特約はない」

「じゃ、前借りな」

「ダメに決まってるだろ」

前借りもなにも、どうせなし崩しにして、踏み倒すくせに。

冷淡に遙はつっぱねるが、かまわず柾鷹が体重をかけ、甘えるみたいに遙の首元のあたりに唇をこすりつけてくる。

わかっていて仕掛けてくるのは、時々……本当に時々、何かの流れで遙が許してやることがあるからだ。

甘すぎる、と自分でも思うのだが。

こういう我が儘な駄犬は、本当に首尾一貫した躾が大切だとわかってはいるが、やっぱり……

なんだろう?

うまいし、ズルい、のだ。

人の心に入りこんでくるのが。

「んー…、じゃ、キスだけ?」

「ダメ」

遙は男の目を見てきっぱりと言った。

それで終わるわけがない。なんだかんだといちゃもんをつけてきて、自分の望む結果へ持ちこむのがヤクザのやり口だ。

「んじゃ、先っちょだけ、なめるのは?」

それでもしつこく粘り、柾鷹の指がパジャマの上からいかにもいやらしく、内腿のあたりをなぞってくる。

「ほらほら、献血だって成分献血とかあんだろ?」

「バカだろ」

一緒にするな。

白い目で男をにらんだ遙は、持っていたペットボトルを避難させようと、なんとか腕を伸ばす。

「バカってゆったー!」

が、そのタイミングで、膨れてみせた柾鷹がいきなりパジャマの下を強引に脱がそうとし、あせった勢いでペットボトルをテーブルの上で倒してしまった。

飲み残した水が一気にテーブルに広がっていく。

「うわ…っ、バカ……！」

遙は反射的に男の身体を突き放す。

掌底が顎に入ったらしく、うごっ！　と苦しげな声が聞こえたが、それどころではない。

レシートの整理をしようと思ってテーブルへ置いたままだった財布が危うく水浸しになりそうになり、遙はあわてて持ち上げると、そのまま柾鷹に投げた。

「ちょっと、持っててくれ」

急いで立ち上がって、布巾をとりにキッチンへ向かう。

「……んー？　何だ、これ？」

これでいいか、とキッチンペーパーを何枚も引き抜いていると、柾鷹の怪訝《けげん》そうな声が聞こえてきた。

「何が？」

何気なく聞き返しながらもどると、柾鷹がソファに胡座《あぐら》をかいて、何か小さな紙切れを眺めていた。

「おまえ、この女と知り合いだったのか？」

「え？　ああ……」

どうやら、昼間、美咲からもらった名刺らしい。そういえば、財布に挟んでいたのだ。

「今日、会ったばかりだよ。デパートの中で迷子になってたその人の娘さんを知紘くんが保護して」

急いでテーブルを拭きながら、遙は簡潔に説明する。

「……あ」

と、ふいに思い出した。

そうだ。中路美咲。

自身で会社経営もしているが、もっと別の肩書きもあった。

与党の中堅政治家である、中路明彦《あきひこ》の令夫人だ。政治家の妻。

やっぱりまずいな…、と遙はちょっと眉を寄せた。

うかつに近づくべき相手ではない。自分が、というより、向こうが、だ。

「ちーも会ったのか？」

「え？　ああ、うん」

聞かれて、何気なく答え、なんとかテーブルの水を拭き取ってから、ようやく、あれ？　とその問いに少し違和感を覚える。

「どうして？」

「いや……」

短く答えて、柾鷹がきれいになったテーブルに財布と一緒に名刺を投げる。

その表情が少しばかり……なんだろう？　怒っているとか、いらだっているとかいうわけではなかったが、どこか困惑した様子にも見える。

「何かまずかったのか？」

遙は濡《ぬ》れたキッチンペーパーをそのままに、ソファにすわり直した。

「別に…、そういうわけでもないが」

こめかみのあたりを人差し指で掻きながら、いくぶん煮え切らない表情だ。この男にはめずらしい。

「政治家の奥さんだよな？　何か千住と関わりがあるのか？」

政治家とヤクザとの黒いつながりは、もちろんタブーであり、表だってはどちらも無関係を決めこんでいるわけだが、千住などは古くからの名跡でもあるので、歴史の裏で、代々関係が続いている相手もいるようだ。

もちろんきわめて近代的な、金をめぐる利害関係から深いつながりができる場合も多いのだろうが。

「何か言ってたか？」

ちょっと眉を寄せて、柾鷹が聞いてくる。

「誰が？」

質問の応酬だ。

おたがいに相手をうかがっているのはわかっている。

まっすぐに見つめる遙に、柾鷹がちょっと視線を外した。

いかにも何気ない様子でテーブルに置いていた缶ビールに手を伸ばすが、どうやら中身は空だったようだ。

肩をすくめ、小さく息をつく。

「美咲……、その女が」

そして視線は外したまま、ポツリと言った。

柾鷹の口から女性の名前を聞いたのは、ひさしぶりだった。

一瞬、ドキリとする。

封建的なヤクザの社会で、極妻の名前でも口に上ることはめったにない。あったとしても、「どこどこの姐《あね》さん」という形で組の名前になる。

そういう意味ではまったく前時代的で、今の世の中、社会的非難を浴びそうな業界である。とはいえ、そもそもが社会的に非難の対象となる存在なので、フェミニストの非難など気にもとめないだろうが。

あるいは、ホステスでも特にお気に入りの女や、愛人などがいれば名前で呼ぶこともあるのだろうが、柾鷹の口からは聞いたことがなかった。

名前で呼ぶのは、多分、遙の「友人」と言える、沢井《さわい》組のお嬢さん「あずにゃん」か、「叶《かなえ》さん」と呼んでいる実の叔母くらいじゃないかと思う。

遙は無意識に乾いた唇をなめ、気持ちを落ち着けて答えた。

「あらためて礼を言いたいとは言ってたけどな」

「知紘に？」

「いや、俺に」

「おまえにか……」

ちょっと意外そうにつぶやかれて、ますますわからなくなる。

「おまえ、彼女を知ってるのか？」

そっと息を吸いこみ、遙は核心的な質問をした。

柾鷹がわずかに渋い顔をする。それでも、何気ない口調で言った。

「あー…、まぁな。昔のちょっとした知り合いだ」

――元カノ？

男のありふれたとぼけ方に、そんな俗な想像が頭をよぎる。

とはいえ、全寮制の中学・高校で遙と一緒だった柾鷹だ。元カノと呼べるほど、きちんと付き合っていた女が学校にいたとは思えない。

もちろん、遙と別れていた十年の間には、何人も身体の相手はいただろうが、特別に名前が挙がるほど深い付き合いをしていた相手がいたのだろうか？

正直、考えたことがなかった。

確かに、柾鷹に本気になる女がいたとしても、別に不思議ではない。ただ柾鷹の方が、そこまで……今も名前を覚えているほど、入れこんだ女がいたとは思えなかった。

しかしそれは、ただの自分の思い上がりだろうか？

ヤクザとして生きる男が、より面倒な、より困難な状況に身を置くことがわかっているにもかかわらず、遙をそばに置くことを選んだのだ。

他の組長たちからの奇異の眼差《まなざ》しや、嘲笑や、蔑みもかえりみず。

――いや、それでもただ一人、柾鷹にとって特別な女がいる。

「え…、まさか……」

遙はようやくその可能性に思いついた。

柾鷹も遙が気づいたと気づいたのだろう。

ちろっとこちらを横目にしてから、短いため息とともに軽く肩をすくめる。

「美咲は知紘の母親だよ」

遙は息を呑《の》み、一瞬、言葉を失った。

「そう、なのか……」

それでもやっと、それだけをつぶやく。

そうか、とようやく腑《ふ》に落ちた気がした。

あの別れ際の、美咲の様子。そして執拗に、遙に連絡を求めたことも。

ちょっと頭の中を整理したくて、遙は無意識に立ち上がった。キッチンに入って、冷蔵庫から缶ビールを二つ、取り出す。

ソファにもどって一つを柾鷹に渡すと、自分もプシッ、とタブを開けてすわり直した。

「彼女は…、知紘くんのこと、知ってるんだな？」

一口飲んで、ようやくその問いを口に出す。

「どうだかな。別れて以来…、というか、知紘を産んで以来、一度も会ってねぇからな」

だが彼女にとってみれば、知紘の今の状態を調べるのはさほど難しくないはずだ。

「知紘くんは……、知っているのか？　母親のこと」

「さぁな。俺は聞かれたこともねぇし、教えたこともねぇが。……まあ、もしかすると、親父には聞いたことがあったのかもな。ただ親父が生きてた頃だと、聞かれても答えようはなかったろうが。あの女も社会的に名前が出てたわけじゃない」

自分も缶を開けながら、柾鷹が無造作に答える。

あの無邪気な様子では、知紘の方が知っていたとは思えなかったが――あ、と気がついた。

「そうか……」

思わずつぶやく。

あの子と……里桜ちゃんと、似ていたはずだ。兄妹なのだ。

「なんだ？」

柾鷹がちょっと首をかしげて遙を見る。

「いや、彼女……、美咲さんに小さい娘さんがいるんだけど」

「ああ、迷子か」

それでも話は聞いていたらしい。

「昔の知紘くんにそっくりだって、生野くんが言ってたから」

「ああ…、なるほど」

柾鷹がかすかに笑う。

この父親にまったく外見は似ていない知紘だから、やはり母親似ということだ。

今の美咲と、パッと見てそっくりだと思うほど似た印象はなかったが、そういえば目元などはやはり同じだろうか。

「知紘ちゃんて…、おまえ、いくつの時に生まれたんだっけ？」

「あー…、高一……、十五の時だな」

柾鷹がちょっと額に皺《しわ》を寄せて、思い出すように答えた。

そうだ。中三の夏休みにやった女が当たったとか、前にほざいていた気がする。

その時、彼女はいくつだったのだろう？　柾鷹よりはずっと年上だった、はずだ。まさか相手が中学生だと知っていたのか。何がきっかけで、知り合ったのか。

おたがいに——気持ちがあったのか。

いろんな疑問が湧き出すように現れる。

それでも、一つだけ、遙は口に出して尋ねた。

「知紘ちゃんに……、伝える気はないのか？」

「聞かれたことがねぇからな。知りたきゃ、自分から聞くか、捜すかするだろ。あの女が自分から言いたきゃ、それでもかまわねぇし」

肩をすくめ、あっさりと柾鷹が言った。

確かに、その通りではある。

知紘の気持ち次第。そして、知紘にとっては、今さら、という感じがあるのだろうか。

いずれにせよ、自分が口を出す問題ではない。

遙はそっとため息をついた。

十五の時、か。

その時、この男に父親になる、という自覚があったのだろうか？

「彼女が子供を産むことに……、おまえは賛成したのか？」

知らず、そんな問いが口からこぼれていた。

聞き方は悪いかもしれない。だが、十五歳で付き合っていた相手から妊娠した、とか聞かされたら、普通は逃げるのではないだろうか。まあ、もちろん、柾鷹は普通の環境ではなかったとはいえ。

「あー、正直、ラッキー、って思ったな」

「え？」

ちょっと首をひねってあっさりと答えた柾鷹に、遙はちょっと目を見張った。

「親父に、孫の顔を見せてやれるし」

唇でちらっと柾鷹が笑う。そしてわずかに身体を伸ばすと、ソファの縁に肘をつき、頭を乗せて遙を見上げてくる。

「あの頃は…、俺も純真だったからなァ」

そして思い返すようにしみじみとつぶやいた男に、「は？」と遙はいかにも胡散臭い視線を向けた。

「意味がつながってないな」

そもそも、この男に純真だった時代があったとも思えない。

「あの頃はまだ、おまえに手ぇ出してなかったろ？」

「ああ…、まぁ、そうだな」

言われて、少しばかり複雑な思いで、遙はうなずく。

初めて顔を合わせた中一の時から、しょっちゅうちょっかいをかけてきていたのだが、そういう意味で「手を出した」のは、ルームメイトになった高校一年の時だった。

そういえば、中学生の遙に手を出すのは犯罪な気がして、とか言っていたような記憶がある。気がして、どころか、立派な犯罪だが。まだ青くて襲いがいがない、とかも、ほざいていたように思う。

「ずっとおまえに触りたくて、うずうずしてたわけだよ」

「それのどこが純真だと？」

柾鷹とは逆側のソファの縁に寄って深くすわり直し、缶ビールをぐっとあおって、冷ややかに遙は聞き返す。

「だからさ…、十五の頃の俺は、運命を信じてたんだよ。これからおまえを手に入れて、一生、幸せにしてやろう、って意気込んでたわけだ。可愛いもんだろ？」

にやにやと、いかにも意味ありげに柾鷹が言った。そしてクセの悪い足がそろそろと伸びてきて、遙の太腿あたりをツッ…となぞってくる。

「一生、幸せに、ねえ……」

思わず遙は、軽く噴き出してしまった。

確かに一途で可愛い、と言えなくもない。だが当時の自分からすれば、ふざけるな、としか言いようはなかったはずだ。自分勝手なこの男に、振りまわされていただけなのだ。

そして結局、人生も変わってしまった。

――この男と、出会ったおかげで。

「だから、俺が将来、嫁をもらうことはねーかな、って思ってな」

しかしさらりと付け足された言葉に、ハッとした。

「千住の跡目は、まァ、血がつながってる必要はねぇが、親父にすりゃ、血のつながった孫が抱けたのはうれしかっただろ。あんな早く死ぬとは思ってなかったから…、ま、知紘のことは、結果的に、俺のした唯一の親孝行になったわけだ。親父も別に、子供ができることに反対はしなかったしな」

子供の、子供特有の、ほんの思いこみ――に過ぎなかったのかもしれない。

だがその子供なりに、柾鷹なりに、あの当時、真剣に自分のことを考えていたのだろうか。

たった十五の時に。

すでに自分の人生を決めていた男が、その人生をともにする「お守り」に――自分を選んだ。

自分を、求めた。

その強さと、そして弱さ、だろうか。

自分がこの男に惹かれたのは。離れられないのは。

全身から力を抜くように、遙はそっとため息をついた。

邪魔な柾鷹の足をソファの下に払い落として、持っていた缶ビールをテーブルにのせる。

再びソファの角に深くもたれるようにしてすわり直すと、まっすぐに男を見つめた。

「来いよ」

にやっと笑って、人差し指でちょい、ちょい、と呼んでやる。

わずかに目を見開いた柾鷹がむっくりと身を起こし、自分のビールをやはりテーブルに置くと、そのままの勢いで大きく身体を伸ばしてくる。

懐くみたいに遙の腰に腕をまわし、わくわくと、期待いっぱいに見上げてくる目がやっぱりどこか愛嬌《あいきょう》があって、可愛くて——憎たらしい。

「いいか？ 今日は一回だけだぞ？」

男を見下ろして、遙はしっかりと言い聞かせる。

「努力する」

いかにも真面目な顔で、まったく当てにならない返事。

そして探るようにのそのそと、柾鷹が遥の胸へよじ登るみたいにして、少しずつ身体を持ち上げた。

男の熱い舌が、急《せ》くように遙の前を開いて鎖骨のあたりをなめ、首筋をなめ上げる。

顎の下から唇の端へとすべり、ねっとりと肌に触れる。

熱い吐息とともに、唇が奪われた。

「ん…っ……」

すぐに舌が絡めとられ、きつく吸い上げられて、遙は反射的に男の背中を引き寄せる。

子供みたいに高い体温が、じわりと肌に沁みこんでくる。
それに安心する自分がいる。
こういうところが甘くてダメだな……、と、自分でも思うのだ。
やはりいいトレーナーにはなれそうになかった。

4

美咲に指定されたのは、ホテルのラウンジカフェだった。

ちょうどそのホテルで所用があるので、そのあとで少しでもお会いできるお時間があればありがたい、と。

本当は遙も、電話を入れた上で、あらためて礼の必要はないので、と断ろうと思っていた。

だが柾鷹からあんな話を聞いてしまうと、美咲があれほど必死に遙と連絡をとりたがっていたのは、知紘の様子を聞きたいからではないか、と思ったのだ。

少し悩んだが、夏向きの軽いサマージャケット姿で、約束の時間の少し前にホテルのロビーへ入ると、「バンケットホール鳳凰《ほうおう》の間、喜雨《きう》の会」という案内看板が目に入る。

確か、政界と財界から大物どころが集まる懇親会だ。どうやら美咲も、それに出席しているらしい。

遙はロビーの隅の重厚なカフェに足を踏み入れると、ざっと見まわして美咲の姿がまだないことを確認し、見つけやすいロビー側に席をとった。

頼んだコーヒーが来たのとほとんど同時に、美咲が姿を見せる。

やはり落ち着いたスーツ姿だったが、パーティーの席だったせいか、先日よりは少し華やかな装いだろうか。

こうしてみても、理知的で意志の強そうな女性だった。しっかりと自分の力でその地位を築いてきたのがわかる。

美咲が中路と結婚したのは八年ほど前のようだが、その当時、すでに美咲は起業しており、順調に業績を伸ばしていた。政治家夫人になって、さらに社会的な信頼を増したところはあったかもしれないが、それでもここまで事業を拡大させたのは、やはり彼女自身の才覚が大きかったのだろう。

知紘を産んだあと、置いて逃げた――、と聞いていたが、自分の手で子供を育てようとは考えなかったのだろうか？

ふと、そんなことを思う。

もっとも千住の家が知紘を引き取ると主張したのなら、それに逆らって連れて逃げるというのは、さすがに難しかったのかもしれない。

「わざわざご足労いただいて申し訳ありません。あらためまして、先日は本当にありがとうございました」

遙の前に腰を下ろした美咲が、丁重に頭を下げる。

「いえ、たいしたことじゃありませんから」

恐縮して返した遙だったが、その先の言葉に困った。

遙から切り出す話ではないと思う。が、かといって美咲の方から、いきなり口にできる話題でもないのかもしれない。遙が知紘と美咲の関係を知っているかどうかも、美咲には知りようがないのだ。

「あの、そういえば、この間一緒にいらしたお二人と、朝木さんはご兄弟か何か……？」

それでも、いかにも何気ないように尋ねてきた。

「いえ、あの二人は……元教え子です」

「教え子？　先生もされてますの？」

さらりと答えた遙に、ちょっと驚いたように美咲が聞き返す。

「いえ、今は辞めていますが、昔、少しだけ」

それで今も付き合いがあるのか、というあたりは疑問だろうが、とりあえず納得したのか、美咲が小さくうなずく。

「それで……、先日も少しお話ししました通り、朝木さんにはぜひ、資産上の相談に乗っていただきたくて。いきなりで失礼かと思いましたが、会社というより私個人の資産について、先々どう処理するかをちょうど考えていたところなんです」

そして、とりあえずそんなところから、美咲は話を始めた。

が、それは口実だろうな、と遙は思う。ただ知紘の様子を知るために、遙と常に連絡がとれる状態にしておきたい、というだけで。

それに、もしそれが本心だったとしても――だ。

「申し訳ありません。ありがたいお話ですが、中路さんにとって、それはあまりよい判断ではないと思います」

静かに答えた遙に、美咲がわずかに目を見張る。どうやら、断ってくるとは思っていなかったようだ。

遙がすべてを知っていたとしても、知らなかったとしても、仕事としては普通に受けると考えていたのか。確かに普通なら、ヤクザの愛人であることなど、わざわざ顧客に言うようなことではない。

「どういう意味でしょう？」

少しとまどった様子で、美咲が聞き返した。

「私は…、個人的にですが、社会的に承認されていない職業の人間と、深い付き合いがあります。何か問題が起こった時、中路さんの立場上、かなり面倒なことになると思いますので」

美咲がわずかに息を吸いこむ。そして確認した。

「それは……、いわゆる反社会勢力、ということでしょうか？」

「ええ」

美咲が膝の上で、ギュッと組み合わせた手を握った。

わずかに沈黙が落ちる。

と、そこへウェイターが美咲のコーヒーを運んできた。

その姿が消えてから、ようやく美咲が口を開く。

「千住柾鷹、ですか?」

息を詰めるように、まっすぐに遙を見て。

「はい」

遙も美咲から目を逸らさず、ただ端的に答える。

美咲が一瞬、目を閉じて、肩で大きく息をついた。と同時に、身体から少し、力が抜けたようだ。

開き直ったのか、もう駆け引きをする必要はない、というある種の安堵《あんど》なのか。

「私のことを……、柾鷹さんから聞きました?」

美咲があらためて遙に向き直る。

彼女の口から出た「柾鷹」という名前に、少しドキリとした。

飲み屋の女が媚《こ》びている感じとも違い、どこか……、他では聞いたことのない甘さがにじんでいる気がして。

「知紘くんの母親だと、聞いたくらいです」

いくぶん硬く返した遙に、美咲が小さくうなずく。そして、自嘲するような笑みが口元をかすめた。

「ヤクザの家に、生まれたばかりの息子を置いて逃げるなんてね……」

「柾鷹が子供を望んだんだと聞きましたが」

ええ、と美咲がもう一度うなずく。

「妊娠したのは十九の時だったけれど、本当は私、堕ろすお金を出してもらおうと思って、あの人に連絡したのよ」

椅子《いす》の背に深くもたれ、目を伏せて美咲が言った。

遙はわずかに息を詰めて、彼女を見つめる。

今まで誰にも言ったことはなかったんじゃないかと思った。知紘の存在自体、誰かに言えるようなことでもない。それでも、ずっと吐き出したかった思いを、ようやく口にできた解放感のようなものを感じた。

「そうしたらあの人、産んでくれって」

美咲が吐息で笑う。

「その間の生活費は全部見るから、って言われて。だから私、産むことにしたの」

少しばかり露悪的な口調だった。

「あの当時は、私、お金がなくてね。父の再婚相手と折り合いが悪くて、高校を卒業してからすぐに家を飛び出して、キャバクラで働いていたのよ。子供ができると働けなくなるし。……でも知紘を身ごもってる間、マンションとか生活費とか全部用意してくれて。それとは別にキャバクラの給料分も出してくれたし…、その間、働かずに時間ができたおかげで、私も勉強できたのよ。それで知紘を産んだあと、大学へ行ったの。知紘のおかげで人生をやり直せたということになるのかしらね。……あの子と引き換えに」

それに罪悪感があるのだろうか。

しかしそれでここまでのし上がったということなら、相当な努力をしたのだろう。卑下するようなことではない。

「柾鷹とは……、キャバクラで知り合ったんですか？」

ふと、遙はそんなことを尋ねてしまう。

「いえ…、彼が店に来たことはなかったけれど、夜の街ではちょっと有名だったかな。千住の息子だ、って。知ってる人は知ってた。あの人は、私がタチの悪いのに絡まれてる時、助けてくれたのよ。私を助けたというより、千住の縄張りだったみたいで、足元を荒らされるのを嫌がったのかもしれないけれど」

美咲がいったんコーヒーに手を伸ばし、喉を潤す。

そしてちらりと遙を見て、小さく笑った。

「お礼代わりに寝てもいいわよ、って、私から誘ったの」

一瞬、息を詰め、無意識に瞬きする。

「……それに、柾鷹は乗ったんですね」

それでも冷静に、遙は返した。

「ええ。やりたい盛りだもの。かなりたまっていたみたいだしね」

いかにも意味ありげな眼差しとともに、彼女が吐息で笑う。

「柾鷹が中三だと知ってたんですか？」

「まさか」

ちょっと眉を寄せて尋ねた遙に、美咲がこめかみのあたりを指で押さえて天を仰いだ。

「あとで聞いてびっくりしたわよ。同い年か、せいぜい一つ二つ下くらいだと思ってた。でも、夏休みとか、春休みの間くらいしか姿を見せないのは、そういうことかって」

地方の全寮制の学校にいたのだ。当然とも言える。

確かにあの当時の柾鷹は、すでに体格もよく、雰囲気もふてぶてしく、とても中学生とは思えなかったのかもしれない。もちろん夏休み中なら私服だったはずだ。

「知紘くんを産んで……、思いきって千住の家に入ろうとは思わなかったんですか？」

ヤクザの妻、あるいは愛人として生きる道もあったのではないか、とは思う。そして、知紘の母として。

「それをあなたが言うの？」

「え？」

しかし皮肉な笑みでさらりと聞き返されて、遙は首をかしげた。

「あの人、言ってたわよ？　絶対、ハルカを手に入れるんだ、って。わくわくした顔でね。運命の相手だからな、って」

遙はわずかに目を見張った。

ドキリ、と心臓の音が聞こえる。

――十五の時に。

まだ何も始まっていなかったはずなのに。

無邪気に、純粋に、運命を信じていたのだろうか。あの男が。

「失礼な男よね、それを寝物語に言うっていうのは。……ああ、確かに今思えば子供っぽかったわね。真面目な顔で運命って」

美咲がくすくすと笑う。

「でも不思議と、あの人が言うと本当になりそうな気もしたし……、運命を引き寄せられる男なんだな、って気がしたかな。だからちょっと……、うらやましかった。でも、遙って女の子だとずっと思っていたけど」

そう、ただ運命だったというだけじゃない。それを引き寄せる力があるのだ、あの男は。

「あの当時、あの人の『女』になりたがってた子はいっぱいいたけど、特定の相手は作らなかったのよ。結局あの人は、運命を手に入れた、ってことかしら?」

ちらっとおもしろそうな眼差しに問われて、……遙としては、ちょっと悔しい気もする。

「まだ、ですよ」

だから強いて平然と、遙は返した。

「今はまだ、お試し期間中なんです。多分、人生の終わりになってようやく正解がわかる」

本当に運命だったのか。

自分の選択は正しかったのか。

柾鷹が、あるいは自分が、どんな最期になるのかは予想もつかないけれど、その瞬間、笑って、手を握って、ただよかった、と言えたら。

出会えてよかった。一緒にいられてよかった。

そう思えたら、きっとそれは運命だったのだろう。

しかしまあ、自分たちのことはいい。

それよりも——。

「知紘くんに…、これから先、名乗るつもりはないんですか?」

わずかに姿勢を正して、遙は尋ねた。

「それは無理ね。今の私の立場では」

さらりと美咲が答える。

そう、政治家の妻だ。ヤクザの跡目が息子だとは、さすがに言えないだろう。

しかし母親としてはシビアな、冷酷な言葉でもある。

「でも、知紘くんのことはわかってた。顔も、知ってましたよね？」

遙の指摘に、美咲がわずかに唇を噛む。

「……ええ。何度か、見に行ったことはあるの。中路と結婚する前にね。もし、つらい生活をしているなら、と思ったけれど……、いつも誰かと一緒にいて、たくさん遊んでもらってて。笑ってたから」

それでも、母親が必要ないわけではなかった――はずだ。

他の、母親に甘える子供たちを見て、小さな子供が、一度も恋しく思わなかった、などということはない。

知紘はそれを、歯を食いしばって乗り越えたのだろうか。

「本当は……、あなたが私を脅すためにわざと近づいてきたのかとも思ったのよ。ほんの一瞬だけど」

ちらっと笑って美咲が言った。

「脅す？」

遙はちょっと意味を取り損ねる。

「知紘のことで。まあ、あなたが遙さんだとわかったから…、本当に偶然だったのかと思ったけれど。ごめんなさい。政治家の妻なんて、つい裏を読んでしまうものなのよ」

疲れたように軽く首を振って言われ、ああ…、とようやく遙も理解する。

確かに美咲にとっては、「ヤクザの跡目の隠し子がいる」というのは、いい強請《ゆすり》のネタになるのだろう。

と、美咲がふいに大きく息を吐き出した。椅子の上でわずかに背筋を伸ばして、まっすぐに遙に向き直る。

「それで……、ファイナンシャル・アドバイザーの件は、やっぱり無理かしら？」

あらためて聞かれて、遙は思わず瞬きした。

「本気だったんですか？」

「ええ、もちろん。あなたの立場もわかった上でお願いしているわけだし、……まあ、何て言うの？　ある意味、一蓮托生《いちれんたくしょう》みたいなところはあるでしょう」

しかし遙はきっぱりと言った。

「やめておいた方がいいですね。どうしてわざわざ私が、と、勘ぐってくる人間がどうしても出てくる。あえてリスクをとる必要はありませんよ」

「そう、ね……。でも一つだけ――」

美咲が何か考えながら言いかけた時だった。

「……美咲。どうしたんだ、こんなところで？」

ふいに大きな男の声が聞こえ、ハッと美咲が振り返った。

遙も視線を上げると、立っていたのは四十代前半の、きっちりとしたスーツ姿の男だった。

見覚えのある顔だ。知り合いではないが。

「うっかり奥様の浮気現場を押さえてしまったかな？」

ちらっと遙を眺め、明らかに冗談めかして男は言ったが、その目は笑っていない。

「まあ、失礼よ、あなた」

反射的に立ち上がった美咲が、わずかにあきれた口調でいさめる。

美咲の夫。中路明彦議員だ。

懇親会には夫婦で出席していたのだろう。

政治家などは、夫人同士の付き合いも大変そうだな…、と、ちらっと内心で遙は考える。

派閥だの、地位や当選回数でのマウンティングだの、入閣を争っての足の引っ張り合いだの。

根回しに、裏金に、密約。

そういう意味では、やはりヤクザの世界と似ている気がする。

「どなたかな？」

いかにもさりげない様子で、しかし探るような目つきで中路が遙を眺めた。

「こちら、朝木さん。ほら、迷子になった里桜を保護してくださった」

「ああ…、あなたが。その節はお世話になったようで」

話は聞いていたらしい。

いかにも選挙向けのような大きな笑顔が向けられ、遙は急いで立ち上がって軽く頭を下げた。

「いえ、たいしたことは」

「で、今日はわざわざ礼を言うために？」

中路がちょっと首をひねる。

「ええ。朝木さんはファイナンシャル・アドバイザーをなさっているから、ついでに少しご相談をと思って」

「お礼がてらとは、またずうずうしいな」

軽やかに言った美咲に、中路がおどけたように笑う。

微笑ましい夫婦の会話のようにも聞こえるが、遙には少し空気がピリピリしているようにも感じられた。

実は、夫婦仲があまりよくないのか、あるいは、政治家夫妻というのはこんなものなのだろうか？

さすがにちょっとわからない。

「あなたはどうなさったの？　会はもう、終わりました？」

何気ない様子で美咲が尋ねている。

「いや、まだだが、ちょっとめずらしい知り合いと会ったのでね。コーヒーの一杯くらい飲もうかと」

ちらっと背後を振り返って、中路が答える。

遙も無意識にそちらへ視線を向けると、カフェの奥まったところに中路の連れらしい男が腰を下ろすところだった。

地味なスーツ姿の、痩せ型の男だったが、距離もあり、薄暗くて顔はほとんど見えない。ただウェイターを呼ぶのに軽く上げた左の指に、シルバーかプラチナか、かなりごつい感じの指輪がはまっているがわかる。どうやら、政治家仲間というわけではなさそうだ。支援者か何かというところだろうか。

「あら…、ご挨拶しましょうか?」

政治家夫人らしい気遣いを見せた美咲に、中路はいくぶんあわてて手を振った。

「いや、大丈夫だ。それよりあとで、山里《やまさと》幹事長の奥様に挨拶に行ってもらえるかな? 君が来ているなら話したいとおっしゃっててね」

「ああ…、はい。わかりました。お嬢様のブライダルエステの件ですわね、きっと。ご一緒に奥様もいかがかと思って、お誘いしてましたの」

「それはいいな。頼むよ」

どうやら美咲は、内助の功を十分に発揮しているらしい。……金のかかる政治家活動の資金面は、もちろんのことだろうが。

そして中路が遙に愛想笑いを向けた。

「あー…、では、朝木さん。いずれまた。……娘の件、ありがとうございました」

それだけ言うと、いそいそと奥の席へと向かった。

それを見送って、美咲がそっとため息をつく。

「中路議員は、次の組閣では大臣になられるんじゃないですか？　有力候補の一人だと聞いています。また奥様もいそがしくなりそうですね」

「有力かどうか」

そんなふうに言った遙に、美咲が苦笑する。

「同じ派閥の盟友でいらした小久保《こくぼ》先生が、よく存じませんけど、何か失態をされたようで…、それこそ次は入閣するだろうというお話でしたけど、今回はご自身から退かれたみたいですの。それで代わりに、中路を推してくださる方が何人かいらして、本人もその気になっているようですわ」

どこか冷めた口調で言って、肩をすくめる。

そしておたがいにすわり直してから、美咲が静かに視線を上げた。

「実はご相談したかったのは、離婚の際の財産分与に関してなんですの」

5

「奥さん、大丈夫ですか？」

中路がせかせかと奥の席へ向かうと、先にすわっていた男が顔を上げて、にやりと意味ありげに笑った。

「ああ、大丈夫だ」

無造作に答えて、中路はちょうどコーヒーを運んできたウェイターに、自分の分も頼む。

男は峰岸《みねぎし》という、数年前に知り合った不動産会社の社長だった。最近ではＩＴ系の会社も買収したと聞いたし、羽振りはよさそうだ。

五十代前半だろう。痩せた貧相な体つきで、髪も白髪交じりだったが、目つきはかなり鋭い。いつ会っても仕立てのいいスーツ姿で、身につけている腕時計やアクセサリーも、いかにも金がかかっている。

まあ、支援者の一人と言っていいだろう。

何かと役に立つ男で、ちょっとしたことから少し面倒なトラブルまで、手際よく手を打って処理してくれる。

例えば、やっかいなジャーナリストとか、中路のやり方に不満を持つ地元の有力者とかを、どういうやり方だかわからないが、きっちりと黙らせてくれたり、選挙事務所が近隣住民と起こしたトラブルを、間に入って調停してくれたり。

峰岸が、実は危ない筋の男なんじゃないか、ということは、中路もうすうすは感じていた。が、あえて知らないふりをしている。

実際のところ、政界ではめずらしい話ではなく、万が一、何か問題が起こった場合でも、「知らなかった」と弁明できる。今は、ヤクザの業界もグレーゾーンの商売をしているところは多く、そうでなくともパッと見ただけでは、相手の素性もわからない。

峰岸の方がずっと年上だったが、中路に対して峰岸は常に穏やかで、腰も低く、暴力的な性格には見えなかった。

そのうちに中路が入閣でもすれば、何か見返りを求められることになるのかもしれないが、うまく扱うことはできる、と高をくくってもいた。

「一緒にいる男、まさか浮気相手とか？」

「まさか」

そんな峰岸の問いに、中路はあっさりと否定した。

「こんな目立つところで密会もないだろう」

「ま、ダンナも一緒に来ているホテルですからな…」

峰岸にしても冗談のつもりだったのだろう。軽く肩で笑う。

「お仕事上、奥様もいろんな相手とお付き合いはあるでしょう。まあ、会社員のようには見えませんでしたが」

「ファイナンシャル・アドバイザーだそうだ」

「……ああ、なるほど。そっちの」

いくぶん苦々しく吐き出した中路に、峰岸が大きくうなずく。

「知ってる男なのか？」

「いえ、いえ」

その口調に、中路はちょっと怪訝な様子で尋ねたが、峰岸はあっさりと首を振る。そして聞き返してきた。

「奥さんとはどういうお知り合いで？」

「この間、娘を連れて買い物に行った時、娘が迷子になったんだよ。それをあの男が保護してくれたらしい」

「ほう……」

峰岸が目をすがめて、美咲たちの方を眺めながら小さくうなる。

中路もちらっと肩越しに振り返ると、ちょうど二人が席を立って、丁重に挨拶し合って別れるところだった。

相手を見送ってから、美咲がちらっとこちらを見て、上品に微笑んで頭を下げてくる。峰岸にだろう。

峰岸もわずかに姿勢を正して、笑顔で一礼を返している。

それから美咲は、懇親会の会場へもどっていった。

さっき話した、山里夫人へ挨拶に行ってくれているといいが、と中路は内心で案じる。まあ、そつのない女だから、大丈夫だろうとは思うが。

「仲睦まじいご様子だったじゃないですか。さっき、中でもお見かけしたが、奥さん、すでに大臣夫人くらいの貫禄はありましたねぇ」

峰岸が低く笑った。

「外面がいいんだよ、あの女は」

中路はいくぶんいらだたしげに吐き出す。

「……で、どうなんです？　話し合いは」

そんな様子を眺め、峰岸がうかがうように尋ねてくる。

「それが……、あまりよくない」

顔をしかめて、低くうなるように中路は答えた。

「本格的な離婚協議にはまだなっていないが…、そろそろ美咲は腹を決めそうだ。離婚に向けて動き出している。さっきの…、ファイナンシャル・アドバイザーとかいうのにも、いろいろと相談するつもりなんだろう」

「なるほど、そういうわけですか……」

峰岸がつぶやくように言って、顎を撫《な》でる。

「それは先生もお困りでしょうな…。なにしろ、選挙資金はほとんど奥さんから出てるわけでしょう？」

「まあ…、協力はしてもらっている」

実際にその通りだったが、中路は苦虫を嚙み潰したような顔で答えた。

が、おんぶに抱っこというわけではなく、自分の妻という肩書きのおかげで美咲の仕事も順調なのだと思うと、ギブ・アンド・テイクというところだ、と中路は思っている。

美咲と結婚する時、まわりからの反対は少なからずあった。

中路の家は、祖父の代からの政治家の家系だったし、美咲は当時、すでに実業家として成功していたとはいえ、もともとは水商売上がりの女だった。昔はキャバ嬢だったようだし、ホステスの経験もあるらしい。政治家とつながりのある名家からいくらでも妻を迎えることはできるのに、どうしてわざわざそんな女を、というわけだ。

もし父親が生きていたら間違いなく反対されたはずで、押し切ってまで結婚はできなかったと思う。だが母親は特に反対はしなかったし、当時の自分は今よりも若かった。政界の凝り固まった親戚、姻戚関係に反発していた部分もあった。美咲との結婚は、当時話題になったし、注目された分、名前も売れた。

そして今では、選挙活動の資金繰りに苦労している同期の議員、あるいは諸先輩たちからもうらやましがられる立場だ。おまえは先見の明があったよ、と悔しそうに言われると、少し優越感をくすぐられる。

美咲の援助は、やはり大きかった。

とはいえ、結婚当初よりも美咲は自分の事業をさらに大きく拡大させ、このところは「中路代議士の妻」ではなく、自分が「美咲の夫」としてメディアでも語られることが多くなって、微妙に不満が募っていた。

そのあたりが、夫婦生活に溝を作ったのだろう。美咲の口から、離婚という言葉が出るようになった。

驚いたし、できるわけがないだろう、と中路の方は相手にしない形でつっぱねている。離婚は、やはり政治家としては大きなマイナスだ。女性票をかなり失うことになる。

もちろんそれだけでなく、潤沢な政治資金も、だ。

ウェイターが中路のコーヒーを運んできて、いったん言葉を切る。

テーブルにカップを置くかすかな音が、やたらと耳障りだ。

ウェイターが去ってから、峰岸がわずかに声のトーンを落として言った。

「……とはいえ、もしも正式に切り出されたら、先生としてはちょっと…、立場は弱いですな。なにしろ、若いお相手がいらっしゃる」

ちらっと笑って指摘されたその言葉に、中路はぐっと一瞬、言葉を詰まらせた。

「そ、それはまだバレてない」

あわてて返したが、何の言い訳にもならないヘタな答弁だ。

そう、実は中路は、何かの機会に紹介された峰岸の姪だという女と、うっかりいい関係になってしまったのだ。

三十前の色気のある美人で、ここ半年くらいは女のマンションへ泊まることも増え、ストレスの多い日常から抜け出して、少しばかり羽を伸ばしていた。

そんなこともあって、峰岸とはなかば気安い親戚のような感覚で、最近ではいろいろと細かい相談に乗ってもらうことも多かった。

……とりわけ金の関係と、人脈の関係だが。

「まァ、奥さんは自分でしっかりと稼いでいらっしゃるから、離婚に躊躇《ちゅうちょ》する理由はないでしょうしね」

どこか他人事のような、のんびりとした口調に、中路は少しばかり追い立てられる気持ちで、わずかに身を乗り出した。

「どうしたらいいと思う?」

正直、こんな夫婦の問題をぶっちゃけて話せるのは、この男くらいだった。

議員仲間は、盟友だ何だと言っても結局のところ、裏ではポストの取り合い、足の引っ張り合いになる。腹を割って話せる友人はいなかった。

「なかなか難しい問題ですな……」

峰岸がわずかに眉をひそめ、手を伸ばしてコーヒーカップをとった。

「離婚されたら…、私の個人資産など、ほとんどないぞ……」

無意識に拳をテーブルにつき、中路は冷や汗をにじませる。

中路の家は、名家と言われてはいるが、内情は火の車だった。祖父は政治家としても実業家としてもやり手であり、堅実な性格でもあったようで、かなりの財をなしたのだが、父はそれを派手に使うことでなんとか政治家としての面目を保っていた。

父が脳卒中で倒れたのが十年ほど前だが、中路に残されたのは、いわゆる政治家の三バン——地盤《バン》、看板《バン》、カバン——の中で、地盤と看板だけだった。しかもそのどちらも、かなり不安定な状態で。

中路はそんな父を軽蔑し、自分の力で中路の家を立て直す意気込みで、政治の世界へと飛びこんだ。

尊敬する祖父にならい、自分なりの理想もあったのだ。その頃には。

ただ長く政治家を続けるうちに、だんだんとそれもすり減っていた。そして今はとにかく、自分の地位を維持することに必死だった。

離婚ということになれば、当然、妻から金を引き出すことはできない。三バンの残る一つ、カバンも手放すことになるのだ。

さらに地元の後援会でも、これまで美咲が中心になってボランティアをとりまとめ、女性票を集めてくれていた。離婚となると、いっせいにそっぽを向かれることは間違いない。

「離婚されたら、俺は終わりだ……」

歯を食いしばって、中路がうなる。

今のところは夫婦そろっていろんな集まりにも出席し、表面上取り繕っていたが、徐々に離婚は現実味を帯びていた。美咲にしても、ある程度、その時期は考えてくれるだろうが、正直、時間の問題と言える。

「さて…、困りましたね」

中路の焦燥を横目に、峰岸がつらっとした顔で顎を撫でる。

「峰岸……！」

中路は思わず声を荒らげた。

「おまえなら何か方法があるだろうっ？」

こんな時、いつも何かいいアイディアをくれたのがこの男なのだ。頭のいい男で、いわば中路にとってのブレーン。個人的な選挙参謀、作戦参謀に近い。

「まぁ、ないことはないですがね……。この難局を乗り切るには、先生にも覚悟が必要だと思いますよ?」

うかがうように中路の顔をのぞきこんで、峰岸の目が鋭く光った。

「それは……もちろんだ」

わずかにたじろいだが、中路は大きくうなずく。

美咲と離婚せずにすむのなら、自分にできることはすべてやる覚悟はある。何もせずにいたら、破滅を待つだけなのだ。

「多少は危ない橋を渡っていただかないと」

さらに声を低くして、峰岸が続ける。

さすがに中路は頬を引きつらせた。

「ど、どんな……?」

低く震える声を絞り出す。

「ああ…、別に命の危険があるとか、そんなことじゃないですがね」

しかし小さく笑った峰岸に、中路もホッと息をついた。

「わかった。どうすればいい?」

「ええ…、お嬢さんにね、協力してもらうんですよ」

さらりと言った峰岸に、中路はさすがにとまどった。

「里桜に？　まだ四歳だぞ？」

「わかってますよ。でも奥さんにとって、一番、大事なのは里桜ちゃんだ。一番のウィークポイントでもある」

それは確かだ。

夫のことはたやすく切り捨てられるだろうが、娘は間違いなく、自分が引きとる気でいる。中路だって手放したくはないが、裁判になればおそらく負けるだろう。

「それで？」

探るように、中路はうながした。

「里桜ちゃんをね…、誘拐するんです」

テーブルの上で大きく身を乗り出し、ささやくように峰岸が言った。そして、口元だけでにやりと笑う。

「ゆ、誘拐……!?」

思わず声を上げた中路に、しっ、と指を自分の唇に当てる。

「もちろん、本当に誘拐するわけじゃない。つまり狂言誘拐だ。だから娘さんには何の危険もない。でしょう？」

なめらかに続けられて、中路は思わずうなずいてしまう。

「ああ…、まあ。しかし……」

「娘のためなら、奥さんはいくらでも身代金を出す。違いますか？」

「まあ、そうだろうな」

バカバカしい、と思う反面、知らず知らずのうちに、中路は男の話に引きこまれていた。

「奥さんにはもちろん、本当に誘拐されたと思いこませる。それをあなたがうまく解決して、娘さんを無事にとりもどすんですよ。そうすると、奥さんのあなたへの信頼は一気に高まる。離婚も思いとどまってくれると思いますがね？　しかも奥さんが払った身代金は、そのままあなたの手に入るんですよ？」

「それは……、いや、だがまさかそんなことを……」

ひどく魅力的な話に聞こえた。が、さすがに理性がブレーキをかける。

なにしろ、れっきとした犯罪だ。国会議員の身で、さすがにそれはまずい。

「すべて身内の中で片のつくことですよ。犯罪というほどの犯罪じゃない。ま、息子が母親の財布から金を抜くようなものですかね」

軽い調子で言って、峰岸が笑った。

かなり規模が違うと思うが、しかし確かに、家族の中でのことだ。

「いや、さすがに無理だろう。警察を呼ばれたら終わりだ」

それでも思い出して、中路は首を振る。

「警察は呼ばせなければいい。誘拐事件はたまにニュースになりますがね、それはあくまで警察が介入した事件だけですから。警察の知らない誘拐事件なんか、その何倍も起きてますよ。奥さんだって娘の命を思えば、おとなしくしてるんじゃないですかね？」

峰岸がゆったりとソファにすわり直し、あっさりと言った。

それが事実かどうかはわからないが、どちらにしても難しい。

「いや、ダメだ。私は国会議員だぞ？　娘が誘拐されて警察に届けないとなると、国家を信用していないことになる。あとあと疑惑を招くことになるだろう」

「だったら…、そうだ。私の方から人をまわしましょう。先生が警察に連絡したふりで、偽の私服刑事を何人か家に入れるといい。それで奥さんも信用する」

「な、なるほど……」

思わず中路はつぶやいた。

初めは突拍子もないと驚いたが、だんだんといいアイディアのように思えてくる。

結局のところ、狂言なのだ。誰が傷つくわけでもない。美咲にしても、娘のためならいくら出しても端金にすぎない。

「だが、娘が帰ってきたあとはどうする？　身代金をとられたままでは、美咲も黙っていないだろう？」

思わず、真剣な顔で聞いていた。

「そこは先生がうまくなだめないと。容疑者を捜査中だから、逃走されないようにしばらく黙っていろ、とか。あるいは、類似事件があって、警察の介入を知った容疑者がいったん解放した子供を見せしめに殺害している、とかね。だから、片がつくまでは決して事件のことは口外するな、と言い聞かせるんですよ」

具体的な話に、中路はゴクリと唾を飲みこんだ。

「うまく、いくかな……？」

おそるおそる確認する。

「先生次第ですよ。私は協力するだけですからね。……でもやらなければ、離婚届を突きつけられるのを待つだけになるんじゃないですか？」

そう言われると、やるしかない、と腹が据わった。一か八かだ。

「わかった。……いつだ？」

「私の方にも準備がありますからね。一週間程度はもらいましょうか。ああ、先生のスケジュールをいただいて、先生がすぐに動ける日にしないと」

「あ、ああ…、そうだな」

現実に進み出した計画に、中路は何度もうなずく。

「そうだ、念のためですが、秘書には一言ももらしちゃいけませんよ？」

「当然だよ」

笑って注意され、中路も引きつった笑みを返す。

「人手や段取りはこちらでつけますが……、そうだな。確か、先生の別荘が近くにありましたっけ？」

「ああ…、逗子《ずし》に一つ。どうしてだ？」

中路はちょっと首をかしげる。

「いったん誘拐……、いや、預かった里桜ちゃんを保護しておく場所が必要でしょう？　ホテルやどこかだと顔を見られてもまずい」

さらりと淀《よど》みなく、峰岸が答えた。

「だが別荘だと、里桜が帰ってきてからどこにいたのか聞かれた時、覚えているかもしれないだろう。それだとまずいんじゃないのか？」

こうして自分も口を出していると、だんだんと自分が計画した作戦のようにも思えてきて、気分が高揚してくる。

「睡眠薬で眠らせておきますよ。そんなに長い時間じゃない。それにもし途中で目が覚めても、馴染んだ別荘ならパニックにならずにすみますしね」

説明されると、それもそうか、と思えてくる。

「里桜をさらう時は乱暴にしないでくれよ。トラウマが残るとかわいそうだ」

ちょっと心配になって言った中路に、峰岸が微笑んでうなずく。

「ええ、十分に気をつけますよ。幼稚園のお迎えは家政婦さんが車で行ってるんですよねえ？」

峰岸が確認する。

「ああ。その帰りにさらうのか?」

「いや、まだ決めてませんが、そのあたりが一番隙がありそうですからね。……ああ、事前に別荘の鍵をお借りできますかね?」

「わかった。——そうだ。身代金はいくらにするんだ?」

ハッと思い出して、中路は尋ねた。

なぜか少し、うずうずする感じがあった。自分でもこの計画を楽しんでいるのかもしれないな、と自覚する。

非日常的なスリルと、そして、いつも取り澄ましている妻の美咲を出し抜く喜びが、身体の中を麻薬のようにまわり始めている。

——そうだ。あの女は、自分の方が能力があると思っていつも俺をバカにしていた……。金を出してるからって。

俺と結婚したのも、もともと政治に興味があったからだ。俺との結婚を踏み台に、離婚したあと、自分で出馬するつもりかもしれない。結婚生活の間に、十分な知識と経験を手に入れて。

そんな真似《まね》は絶対にさせないからな——。

いつもは押し殺しているそんな暗い思いが、じわじわと心の奥から湧き出してくるのを抑えられない。

やるしかないのだ、と。

中路の質問に、峰岸が大きな笑みを作った。

「それは先生がお決めになればいい。先生の金になるんですからね」

「そ、そうか……」

そう言われると、またちょっとドキドキしてきた。

――自分の金。

まだ手にしてもいないのに、うっかり夢が広がってしまう。

ここしばらく、自分の自由になる金などほとんどなかった。

そういえば女には、なんとかというブランドバッグをねだられている。そうだ。二人で旅行へ行くのもいい。

「いや、君にも少しは手数料を払わせてもらうよ」

思い出して鷹揚《おうよう》に言った中路に、峰岸がハハハ、と笑った。

「私のことはお気になさらず。それより、有香《ゆうか》をちゃんと可愛がってやってくださいよ。あの子は先生に惚《ほ》れてますからねえ…」

そう言われると、やはり悪い気はしない。

美咲よりもずっと若くて、甘え上手で、可愛い女だ。金はかかるが。

「じゃ、私はこれで。またいろいろと決まり次第、ご連絡しますよ」

と、峰岸がおもむろに席を立つ。

ああ、となかば上の空で中路は返した。

カフェを出た峰岸が小さく振り返り、バカが…、と低く笑ったのにも、もちろん気づいてはいなかった――。

6

真夏の日射しが凶悪に照りつけるこの日、神代会の例会が会長代行の別荘がある鎌倉《かまくら》でおこなわれていた。

たいていは都内の本家が会場になるのだが、さすがに連日の猛暑の中、代行も少しばかり涼しい鎌倉に避難しているらしい。このところ、こちらでおこなわれることが多くなっている。

「まァ、年も年だ。身体はいたわらねーとなー」

大きな門を通り過ぎ、涼しげな緑の木々の庭を抜けて、玄関前のアプローチに近づく車の中で、柾鷹は少しばかり身体を伸ばしながらしれっと言った。

すでに七十は超えているが、なかなかどうして、かくしゃくとしたジイ様だ。

「代行も今はほとんどこちらで過ごされていますからね。すでに本家のようなものですよ」

隣にすわっていた狩屋が穏やかに応じる。

「ま、うちからすりゃ、近くていいけどな」

柾鷹は軽く肩をすくめた。

関東全域から神代会系の組長たちが集まるわけだが、結構な遠出になる場合もあるだろう。都内ならそのあとすぐに遊びに出る楽しみもあるが、鎌倉でも郊外のこの場所からでは、若干、まったりした雰囲気になっているかもしれない。

神代会は関西に総本部がある巨大組織の二次団体で、千住はそれに属する三次団体になる。

とはいえ、関東はすべて神代会の方で仕切っているわけで、総本部と拮抗する勢力があった。こちらで独自の態勢も敷いているし、ここ二代ほどは総本部の代表を神代会から輩出している。

神代会会長はここ数年病気療養中であり、今は会長代行が中心となって会を運営していた。

ゆるゆると動いてた車が広いひさしのついた玄関先で停まり、このクソ暑い中、直立不動で待っていたスーツの男が丁重にドアを開く。

ドアが開いたとたん、むあっ、と熱気がまとわりついた。

「お暑い中、ご足労様です」

挨拶を受けながら、おう、と柾鷹は顔をしかめて足を踏み出し、ご苦労様です、と狩屋は足を止めてきっちり一礼している。

自分たちのあとにも、玄関先には次々と車が到着し、顔馴染みの男たちが降りてくる。ダークスーツのオヤジの群れは、まったく見るからに暑苦しい。……自分のことは棚に上げて、と言えるが。

とはいえ、数歩歩いて冷房の効いた屋内へ入ると、スーッと汗が引いていく。

遙の言い草じゃないが、確かに身体がおかしくなりそうな温度差だ。

「よお、千住の」

と、背中から陽気に声をかけられ、振り返ると名久井《なくい》の組長が軽く肩をたたいてきた。

「しけたツラしてんなァ…。相変わらず夏に弱いヤツだ」

遠慮のないもの言いは、それだけ名久井とは気の置けない関係だということだ。

視界の隅で、狩屋と名久井の若頭の佐古《さこ》が、何やら談笑しながら控え室の方へ向かっているのが見える。

通常、例会の本会場へ集まるのは組長だけだ。

「ほっとけ。てめぇみたいにムダなエネルギーを使ってねぇだけだ」

むっつりと柾鷹は吐き出した。

「夏バテか？　そんなにヘタってんじゃ、おまえんとこの可愛い姐さんを満足させてやれねぇだろうよ」

名久井がにやにやといじってくる。

「あァ？　そっちは絶好調だっつーの」

ぎろっとにらんで言い返しながらも、夏場は遙が暑がって、あまりくっつかしてくれない、というあたりが欲求不満のたまるところだ。柾鷹としては、ベッドの上で汗を搔くのは大歓迎なのだが。

心と身体、どっちの健康にもいい。

——うん。今度、そっちの方向から攻めてみよう、と心の中で算段する。

この間はなぜかうっかり、相手をしてくれたけれども。

遙のツボがどのあたりにあるのかは、正直ちょっとわからない。

「にしても、今日はたいした議題もねぇわりに参加率が高いみたいだな。つーか、やっぱりちょっとばかりピリピリしてんなァ」

並んで歩きながら、名久井が何気ない様子で話を変えた。

例会は、もちろん全員参加が原則だが、総会でなければ毎月の例会にはやはり、仕事上の都合で来られない組長もいる。……その体《てい》でサボるやつらも。

が、確かに、今回は入ってくる車も多かった。

やっぱり、というのは名久井には心当たりがある、ということだ。まあ柾鷹にしても、理由は察している。

「どうだ？　最高幹部会の椅子、まわってくるかもしれねぇ感じか？」

にやりと笑って耳元でこっそり、うかがうように聞かれ、柾鷹はあえて気のない様子で肩をすくめた。

「どうだか」

最高幹部会というのは、神代会の幹部の中でもさらに上層部の集まりだが、その一人が、いわゆる隠語的な方の「別荘」へしばらく入ることになったため、その地位から退くことになり、椅子が一つ空いたのだ。

その後釜は、最高幹部たちの話し合いによって選出されることになる。

基本的には退く組長の意志が尊重されるが、かといって、実績も何もない男を持ってくるわけにはいかない。その組長の方も、幹部会に一任する、ということであえて名前は挙げなかったようだ。

ということは、現在、幹部会に名を連ねている組長たちの中から選ばれる、と考えて、まず間違いはない。それだけでなく、そろそろ幹部会自体、人事を一新する時期でもあり、みんな色めきだっているわけである。

幹部会の一角へ食いこむことができれば、もちろんそれだけ発言力も大きくなるし、ひいては上納金の分配も増える。それが最高幹部まで行けば、人事に口出しもできるし、権力は段違いに大きくなるわけだ。

いわゆる、ただの幹部の人事は定期的に見直されるが、最高幹部となれば、基本的には終身だ。死ぬか、長期入院するか、勇退するか。あるいは、よほどのミスや背任行為などがあって幹部会の総意で罷免されるか、でなければ。

柾鷹も現在、最高幹部まではまだ手が届いていないが、幹部の一人には数えられている。名久井もそうだ。

そしてこのところ、縄張り争いでもめていた組同士を手打ちにしたり、同業他社になる一永会《いちえいかい》と一触即発になりそうだったところを話し合いでかわしたり、という功績や、本部に納める上納金もかなり目立って上がってきていることもあり、柾鷹が最有力候補ではないか、とささやかれているらしい。

とはいえ、候補は他にも多い。柾鷹などは、年齢から言っても、まだまだ最高幹部などとはおこがましい、尻に殻をつけたひよっこのくせに、と見下している四、五十代のおっさん連中は多いし、長年神代会に貢献してきた老練な幹部もいる。

決定するのは、会長代行を中心に、現在の最高幹部になるわけだが、やはり独断というわけにはいかず、神代会の中でどれだけ支持があるか、というのが大きなポイントになる。

しばらく前から、柾鷹のもとへもさりげなく支持を打診してくる者がいたり、柾鷹が選ばれるものと見越して、あからさまにすり寄ってくる者もいた。ヤクザ的政治判断で、それぞれの組長が水面下でいろいろと動いているわけである。

つまり神代会内での派閥があり、それぞれが票集めに奔走しているというわけで、なかなかに政治家並みなのだ。裏金に、根回しにと、やっていることはほとんど同じで、ただヤクザの方が命を張っている。

そして今日の例会は、最高幹部たちがそのあたりを見極める最後の場、という事実上の位置づけになっていた。

もっとも柾鷹自身は、それほどあせっているわけではない。最高幹部という椅子は、手に入ればうれしいが、今回ダメでもまだ先々にチャンスはある。と思っている。

が、このあたりで何としても手に入れないと、年齢的に厳しい組長は何人かいるし、下の柾鷹たちの世代の突き上げに危機感を抱き、あせっている組長たちも多い。

そのあたりだと、かなり必死に「票固め」だの、「多数派工作」だのをしているのだろう。

まもなく呼びこみがあって、和室の広い一室で例会が始まった。

柾鷹にとっては退屈で、さほどおもしろいものではなかったが、まあ、通常通り、というところだろうか。

各組のシノギの状況を報告し、他の同業他社の動きについて情報を共有し、社会の動向について議論し、神代会としての今後の方針を確認する。

さらには誰それがこっちのシノギの邪魔をしてきやがった、とか、どこそこのチンピラがうちのシマを勝手に荒らしまわって目にあまる、とか、そんな細かい不満や苦情も、ここぞとばかりに噴出する。

おたがいにおとしめ合い、足の引っ張り合いは日常茶飯事だが、今回はそれにも増して、腹の探り合いと自己の功績アピールの度合いが高いようだ。あからさまに特定の組長を持ち上げるような、太鼓持ち発言もいくつか飛び出して、ちょっと笑ってしまうくらいだった。

だがやはり全体に、名久井が言うように、少しピリついた空気がある。

そして今回は、散会したあとに軽めの食事会、というか、飲み会の席が設けられていた。控え室にいた付き添いの連中も招き入れられ、暑気払いといった風情の、まあ、ちょっとした避暑地のホームパーティーだ。……もっとも黒服のオヤジばかりで、陽気な顔もなく、柄の悪いお通夜といった様相だが。

別荘内の多くの部屋が開放され、思い思いの顔ぶれで語らって、遠方の、めったに顔を合わせない組長たちとも、この機会にと情報交換をしていた。

まあ、今回に限ってこんな機会を作ったのは、最高幹部たちが下の組長たちのざっくばらんな意見を聞いたり、新しいポジションを打診してみたり、という側面があるのは間違いない。そして、ここぞとばかりにアピールしている組長たちも多い。

柾鷹も何人かの幹部たちと酒をともにして、神代会の展望などについて少し話し合った。柾鷹から何かアピールするとしたら、実績と、若い力で！　と、それこそ若手政治家のようなフレーズになりそうだ。

はっきりとした打診はなかったが、手応えとしては、現在の幹部の地位には留任できそうな感触だった。最高幹部の椅子については、さすがは芸達者なタヌキ揃《ぞろ》いで、腹の内を読ませなかったが。

お偉いさんたちと何人か続けて話して、少しばかり気疲れし、柾鷹が狩屋と廊下の隅でタバコタイムをとっていた時だった。

「……ほう、千住の。こんなところで壁の花か？　若手の稼ぎ頭が」

ふいにそんな声が耳に届いた。

褒めているようで、あからさまな皮肉だ。

ズボンのポケットに手をつっこんだまま、おもむろに顔を上げると、目の前に立っていたのは峰岸という男だった。他に二人ほど、子飼いの組長を引きつれている。

峰岸は五十過ぎで、神代会では中堅どころだろうか。柾鷹と同じ常任相談役の一人で、幹部会にも名を連ねており、そろそろもう一つ上を狙いたい、と意気込んでいる筆頭だろう。

恰幅のいいおっさん連中が多い中、痩せた体つきだったが、貧相には見えない。身体に合った仕立てのいいスーツがそれなりの落ち着きを与え、しっかりとした貫禄を見せている。しかし小狡い眼差しと、左手にはまった大きめのプラチナの指輪が、どこか胡散臭い芸能事務所の社長のようでもある。

狩屋は素早くタバコを消して軽く一礼したが、柾鷹はまっすぐに男を見返し、煙を一つ吐き出してから口を開いた。

「これはどうも、峰岸の組長。なに、壁の花でもきれいに咲いてりゃ、おのずと人目を引くものでね。真価は隠しきれない。価値のわかる人間は目をとめるもんですよ」

にやっと笑ってうそぶいた柾鷹を、峰岸が憎々しげににらんで唇を歪《ゆが》めた。

「粋がっていられるのも今のうちだぜ？　千住の。デッドボールっていうのは、予想外のところから飛んでくるもんだからな」

低く脅すように吐き捨てる。

「そんなもんですか？　まぁ、流れ弾を避《よ》けるのは得意なんですがね」

柾鷹は軽く肩をすくめて受け流す。

「せいぜい気をつけるんだな」

捨てゼリフのようにそれだけ言うと、誰か大物を見つけたのか、大股に歩き去った。

「……なんだ、ありゃ？」

その後ろ姿を見送って、柾鷹は思わず眉を寄せる。

「幹部会で名前が挙がっている一人ですからね。いろいろと過敏になっているんでしょう」

横で狩屋が冷静に答えた。

まあ、以前から目の敵にされていたのはわかっていた。神代会の中で千住の存在感が大きくなっていることに、いらだちが隠しきれないのだろう。柾鷹としては、シマも離れているし、特にシノギも被《かぶ》ってはいないし、さして気にしたことはなかったが。

「峰岸のオヤジねぇ……。そういやこの間、何かでヘタ打ったって言ってなかったか？」

ちょっと額に皺を寄せて、柾鷹は記憶を探る。

「ええ、ちらっとそんな噂を聞きましたね。政治家絡みで…、数千万ほど擦《す》ったとか。とはいっても、神代会に何か迷惑をかけたわけじゃありませんから、別に問題になってはいないと思いますが」

　さすがにさらりと狩屋が答える。

「ん？　センセイに献金したんなら、別に問題ねぇだろ？」

　柾鷹は軽く首をひねった。

　捨て金にしても、いずれ見返りが期待できる。

「いえ、それがそういうわけでもないようで。先生の手に渡る前に、秘書に持ち逃げされたみたいですよ。計画的だったのか、その秘書はすぐに国外逃亡したようで。いずれにせよ、表沙汰にはできない金ですからね」

「あぁ？　なんだ、そりゃ」

　ぶっ、と柾鷹は思わず噴き出した。

　秘書に鼻先で金を掠めとられたのか？　それは笑える。

「にしても、秘書にしちゃ、えらく度胸のあるヤツだな…、おい」

　ちょっと感心してしまう。なんなら、千住にスカウトしたいくらいだ。

「誰の秘書だって？」

「雪村《ゆきむら》先生だそうですが…、それがちょっと不思議なんですよ。峰岸の組長が昵懇《じっこん》にしているのは小久保先生だったはずですから。雪村先生とは政敵になる」

「ほう？　乗り換えたか、裏に何かあるか……か」

柾鷹は考えながら、タバコを挟んだ指で無意識に顎を掻く。

「ええ。峰岸の組長は頭のキレる方ですが、ちょっと策に溺れるきらいがありますからね」

狩屋が淡々と言った。

さすがは柾鷹があまり付き合いのないあたりまで、しっかりと情報を入れている。

「そういや、雪村？　ってのは、最近、どこかで聞いた名前じゃなかったか……？」

柾鷹はちょっと眉を寄せた。

もちろん、政治家だということは一応、知識にあったが、直接的な関わりはない。が、妙に耳馴染みがある気がする。

「ああ…、ええ。六月くらいに、知紘さんの瑞杜のご友人が本家に泊まっていかれたのを覚えていらっしゃいますか？」

「知紘のダチ？　あー、あいつか。覚えてる、覚えてる。初めてだもんな、ちーの友達がうちに来るのなんざ」

思い出して、口元でちらっと笑った。

知紘に生野以外の友人がいたことに、少しばかり安堵したものだ。父親らしく。

しかも、千住のことを話せる相手。それは貴重だ。

「確か…、将来、悪徳政治家になるやつじゃなかったか？」

そんな記憶だ。

「悪徳政治家になるか、そもそも政治家になるのかもわかりませんが、その子の父親が雪村ですよ。外の子供のようで名字は違いますが」

「ほう……」

柾鷹はわずかに目を見張った。

「そりゃ、おもしろい因縁だな」

「ええ。峰岸の組長がしくじったのも、ちょうどあの頃のようですし」

「ふぅん」

別にだからどうだ、というわけでもないのだろうが、おもしろい偶然ではある。

——と思ったが。

「実はあの時、知紘さんからちょっとした問い合わせの電話をいただいたんですよ。峰岸の組長がどこの政治家とつながっているのか、と」

「……あぁ？」

さらりと続けた狩屋の言葉に、柾鷹は思わず顔をしかめた。

それはなかなか意味深だ。

「あいつ、なんか関わってんのか？」

指先で頬を掻きながら、うなるように尋ねる。

「あとで生野に確認しておきます。ただ何かあったとしても、峰岸の組長の方で知紘さんが関わっていることはご存じないようですが」

「そりゃ、ご存じだったら、今頃、俺のとこに怒髪天を衝く勢いでカチコミが来てないわけねぇからなぁ」

それこそ例会で問題にして、ギャーギャーわめき散らしていただろう。

「ふぅん…、うまくやったわけだ」

そう思うと、にやりと笑みがこぼれる。

火遊びするには危ない相手だし、何かあったら間違いなく柾鷹にとばっちりはくる。

が、あえてどうこう言うつもりはなかった。

自分で考えて動くことができないようでは、この業界は生きていけない。

「さすがですね」

狩屋も小さくうなずく。

「まあ、そんなこともあったばかりなので、峰岸の組長も少しばかりあせってらっしゃるんじゃないでしょうか。ずっと年下の柾鷹さんに先を越されるのも、業腹なんだと思いますが」

「嫌だねぇ、男の嫉妬は」

柾鷹は短くなったタバコをもみ消しながら、ニヤニヤと笑った。

狩屋がすかさずタバコの箱を差し出してきたが、柾鷹は軽く手を上げただけで断る。

もともと数を吸う方ではないし、臭いが残ると遙が嫌がるのだ。

ポケットにしまいながら、狩屋が微笑んだ。

「遙さんに嫉妬されるのはうれしいんじゃないですか？」

「おっ」

狩屋のめずらしい軽口に、さらに相好《そうごう》が崩れる。

「けど、してくんないんだよなー、あいつ。可愛いと思うんだけどなー」

ぷんぷん怒っている遙の図、というのを、頭の中でちょっと想像してみる。控えめに言っても、最高だ。

「する隙がないからじゃないですか？　柾鷹さんが一途ですからね」

「おお、そうとも。まったくその通りだっ」

狩屋の言葉に、柾鷹は思いきり胸を張った。

つまり嫉妬は期待できないが、デレを引き出す作戦が必要なんだな。

という気がする。

そういえばこの間、初めて知紘の母親の話を遙にしたが、やはり嫉妬というほどのリアクションはなかったと思う。むしろ知紘の気持ちを思って、複雑な感情はあったようだが。

中一で遙に出会ったあとではあるが、高一で関係を持つ前の話だ。

あの頃は手当たり次第、とは言わないが、機会があれば、という感じだっただろうか。同世代の男子と比べても早熟な環境にあり、発散させる場所も必要だった。

実際、早く大人になりたかった頃だ。遙を振り向かせたいと思った。

……まあ、やり方がよかったとは言えないが。

誰にも渡したくない、という思いが強かったのだろう。自分のモノにして、まわりにそれを認知させて、牽制して。子供っぽい独占欲だ。

だがそんな感情を覚えたのも、遙が初めてで——今でも他に、それほど執着したことはないと思う。

それこそ、地位や権力や金。人間にも。

美咲が妊娠したのは、正直、予想外だったが、幸運でもあった。

結局のところ、遙と再会させてくれたのは知紘なのだ。

——それを言うと絶対に図に乗るから、知紘に言うつもりはなかったが。

と、その時だった。

「千住の組長」

ふいに背後から呼びかけられ、柾鷹はのっそりと振り返った。

立っていたのは、代行の側近の男だ。確か、高園《たかぞの》。

三十代なかばの優男で、片耳にブラックダイヤだろうか、さりげなく小粒のピアスをつけたしゃれた男だ。この暑いさなかでも白い手袋をはめている。

常に腰が低く、例会でも細かく気を配っているが、決して目立つ言動はしない。

さっきは玄関に立って組長たちを出迎えていた。代行の最側近と言っていい立場なので、本来、この男がやるような役目ではないはずだが、あえて、ということだろう。

まだ油断しがちな玄関先で、組長たちの様子をしっかりと観察しているわけだ。

「少しお時間をよろしいでしょうか？　代行がお話があると」

軽く頭を下げ、伏し目がちに高園が言った。

いかにも内密の、という雰囲気だ。

気が乗る、乗らないにかかわらず、柾鷹に拒否する選択肢はない。

肩をすくめて、ああ、とうなずいた柾鷹に、狩屋がそつなく言った。

「では、私は控え室の方で」

「ああ、いいえ、若頭もどうかご一緒に」

しかし静かに続けた高園の言葉に、一瞬、狩屋と顔を見合わせる。

どうやら、人事に関することではなさそうだ。

やれやれ…、と柾鷹は内心で小さくため息をついた。

やっかいな話じゃなきゃいいけどな、と思いつつ、しかしそれ以外にありそうな気はしなかった——。

7

「あっ、遙《はるか》せんせーっ！」

本家の門のあたりで馴染んだ姿を見つけ、知紘は大きく声を上げた。

生野の空手の練習から帰ってきた知紘たちと入れ違いに、遙はちょうど出かけるところだったらしい。

インターハイも近付いて、このところ生野は連日道場に通っていたが、知紘もそれに付き合っていた。どん、と力強く床を踏み鳴らし、空《くう》を切る生野の肢体はしなやかで美しく、真剣な横顔は精悍で、見ているだけでもわくわくする。

「おはよう……、って時間じゃないか。今日も暑いね。生野くん、道場に行ってたの？」

遙が日射しを避けるようにわずかに手をかざし、生野の提げていた胴着に気づいたのだろう、そんなふうに尋ねてくる。

「はい。午前中は練習に」

「僕は単なる見学だけどね」

生真面目《きまじめ》に答えた生野に、知紘はにこにこと付け足す。

「見学の方が大変そうだなあ…。道場だと、クーラーないよね？　すごい暑そう」

Tシャツとイージーパンツというラフな格好の知紘を見て、遙がため息をつきつつ、ちょっと目を細めた。

「熱中症が心配ですよ」

生野もわずかに顔をしかめている。練習中もしょっちゅう、確認に来ていた。

「まあ、風通しはいいし、水もすごい飲んでたから。その代わり、めっちゃ汗掻いたけどね。何もしてないわりには」

ハハハ、と知紘は笑ってみせる。そして、尋ねた。

「先生はこれからお出かけですか？」

「うん、ちょっと。……あ、そうだ」

思いついたように、遙がわずかに声を上げる。

「よかったら、知紘くんたちも一緒に行く？」

「どこ行くんですか？」

めずらしい誘いだ。

「ええと…、中路《なかじ》さんの家に。覚えてる？　この間、知紘くんが見つけた迷子の子」

誘っておきながら、どことなくためらいがちな口調でもある。

「あ、里桜《りお》ちゃん。……僕が見つけたっていうか、向こうが僕を捕まえたんだけどね」

苦笑いした知紘は、ちょっと首をかしげた。

「でもどうして遙先生が？」

迷子を保護するくらいはあたりまえだし、普通はその場で礼を言って終わることだ。

「頼まれたんだよ。ファイナンシャル・アドバイザーの仕事」

「へえ……」

知紘はちょっと目を見開いた。そして、ちらっと生野を振り返る。

「どうしよっか？」

一応尋ねたが、返事はわかっている。

「知紘さんがいい方で」

「あ、無理しなくていいよ。今日、何か用事があった？」

少しあわてたように遙が言った。

「午後は映画、見に行こうかって言ってて」

「余裕だねえ…、受験生」

おやおや、という顔で遙が苦笑いする。

元担任としては、やはり受験勉強の進捗は気になるのだろう。

へへへ、と知紘は愛想笑いを返した。

「ちょっとした息抜きだから」

生野は間違いなくスポーツ推薦で行けるはずだし、自分の方ももともと学校推薦狙いだったから、ふだんからそれなりの対策はしている。今から特別にあわてる必要はなかった。

うーん、と知紘はちょっと考えた。

「里桜ちゃんにはもっかい会いたい気もするけど……、今日はやめとこうかな。さすがにシャワー、浴びたいし」

知紘はちょっと指先でTシャツを摘《つま》んで、パタパタさせる。肌も汗でベトベトだ。

「そうか……。じゃ、またあとでね」

しつこく誘うこともなく、遙がうなずく。

「あ、推薦なら小論文とかあるんじゃないの？　よかったら見るよ」

「そうだ。お願いしまーす」

思い出したように言った遙に、知紘も明るく返す。

そして遙と別れて家に入った二人は、とりあえず風呂場へ直行した。

浴室、というよりも、ちょっとした銭湯並みの、まさに風呂場で、湯を張るにも時間がかかり、二人一緒にいくつも並ぶシャワーですませる。

裸の生野の身体は、やっぱり引き締まってかっこよく、思わず見惚れてしまう。身長もそれほど高くはなく、全体に細っこい自分とはぜんぜん違う。

もっとも知紘自身は、すんなりと伸びた自分の細い手足も嫌いではなかった。生野もきっと好きなはず。

生野の硬い筋肉がおいしそうで、知紘としてはぐるる、と喉を鳴らして襲いたいところではあったが、さすがにまだ真っ昼間すぎて、とりあえずキャッキャッと騒ぎながら汗を流した。

そして着替えてもう一度、今度は都心まで電車で出ると、映画の前に軽くファストフードでランチにし、まだちょっと時間があまったので、近くのゲームセンターにふらりと立ち寄る。

が、うっかりクレーンゲームにハマってしまい、目当ての脱力した犬のぬいぐるみをゲットした時には（三千円近く使った）、すでに映画の予告編が始まっているくらいの時間になっていた。

急げば本編には間に合うかもしれないが、どうしようか、と考えてしまう。

ぬいぐるみも結構な大きさで、少しばかり荷物にもなる。欲しかった景品ではあるが、こういうのは手に入れるまでの過程が楽しいものだ。

「あ、里桜ちゃんにあげたら喜ぶかな」

ふと、知紘は思いついた。

「遙先生、まだいるよねえ？　あの人の家ってどこだっけ？」

小首をかしげて生野に尋ねる。

遙がもらった名刺を、二人でちらっと見せてもらっていたのだ。

「ええと、確か西片《にしかた》とかじゃなかったですか？　お屋敷街ですかね」

生野がちょっと額に皺《しわ》を寄せて、思い出すように答えた。

もともと地方の出身なのによく知っているな、と思ったら、どうやら以前に、そのあたりへお使いで行ったことがあるらしい。旧家が多いのなら、千住《せんじゅ》と古いつながりが残っている家があるのかもしれない。

「ま、近くまで行けばわかるかな？ 迷ったら遙先生に電話してもいいし」

気軽な感じで、大きなぬいぐるみを抱えたまま、とりあえずそのあたりまで行ってみる。

が、やっぱりわからなくなって途中で遙に電話を入れると、ちょっと驚いたように、それでも行き方を教えてくれた。

少しばかり雲が出てきて強い日射しもさえぎられ、散歩がてらにふらふらと歩いても焼けるほどの暑さではないが、突然の雨がちょっと恐い。

「あー、これかもね」

広い庭の木々に紛れて、古めかしい建物が目に入り、知紘は声を上げた。

遙の言っていた特徴に合う一軒家だ。

「へー…、立派な家だねえ」

が、玄関は別の通りのようで、ぐるりと塀をめぐりながら眺めていくと、大正モダンな雰囲気の、風情のある全容が見えてくる。かなりの敷地のようだ。

「維持費も大変そう」

思わずそんな感想がもれる。

「千住の本家も結構大変そうですけど」

「うちはほら、人手があるから」

「それはまあ」

「ダンナは政治家なんだっけ？　えーと、中路明彦《あきひこ》」

「はい」

「やっぱり悪徳政治家なのかなあ…」

「それはわかりませんけど」

生野が苦笑いしている。

「政治家には二種類しかいないよー。悪徳政治家か、無能な政治家だね」

言い切った知紘に、生野が、なるほど、とうなずく。

「あ、でも無能な悪徳政治家っていうのもいるからね。もしかして、それが一番多いのかな？」

「はあ」

「タチが悪いよね。要するに税金ドロボーなだけだしね」

「はあ……」

「有権者の監視の目が必要だねっ」

そろそろ選挙権を得ようかという若い世代で政治論議を繰り広げながら（一方的な知紘の意見

ではあるが）、角を曲がって、ひょい、と表の通りをのぞきこむ。

すると、ちょうど一台の車が家の前あたりに停まったところだった。

運転席から降りてきた五十代くらいの女性が、何やら門の脇で操作している。家の家政婦だろうか。

歴史がある、と言えるが、つまりは古い家で、ガレージの扉も電動リモコンというわけではないらしい。

「あれ、里桜ちゃん、乗ってるんじゃないかな？」

車の後部座席に設置されているチャイルドシートの横から、ぴょこぴょこと小さな頭が落ち着きなく動いているのが見えた。

「そうかもしれませんね。ちょうど幼稚園から帰ってきたとこかも」

生野もうなずく。

「タイミング、よかったなー」

知紘はとっとっと小走りに車に近づくと、横からちょこっと車の後部座席をのぞきこんだ。

するとやはり、チャイルドシートにすわった里桜が、何かの歌を歌いながら大きく身体を揺らしている。

知紘が手にしていたぬいぐるみのだらんと垂れた前足の片方を持って、リアウィンドウをぱふぱふ、とノックすると、パッと里桜がこちらを向いた。

「あれぇ、おにいちゃん……、どうしているの？」

どうやら知紘の顔を覚えていたらしい。里桜の顔に、パッと大きな笑みが浮かぶのがわかる。

そして一生懸命に手を伸ばして、見よう見まねか、ボタンを押してウィンドウを開く。

「こんにちはー、里桜ちゃん。このわんちゃんが里桜ちゃんのとこに来たいって言ってたから、連れてきたんだよー」

にこにこ笑って、知紘は車の窓枠にぬいぐるみを引っかけるようにして置いた。

うわぁっ、と歓声を上げて、里桜が手を伸ばす。

――と、その時だった。

「知紘さん！　前！」

後方から切迫した生野の声が耳に届いた、と同時に、女の悲鳴が高く響く。

「な、何ですかっ、あなたたち……！」

知紘の視界に、Tシャツにジャージを着た男が三人、飛びこんでくる。みんなそろって、キャップにマスクにサングラス姿だ。

一人は家政婦を突き飛ばし、もう一人が大股で車に近づいてくると、乱暴に運転席のドアを開く。さらに一人は、逆側のリアシートのドアから中へ乗りこんできた。

とても中路の家の関係者とは思えない。

「ちょっと、何する気っ？」

「静かにしろ！　――クソッ！　邪魔だ！」

声を上げた知紘に、いらだったような男の叫び声がぶつかる。

ただ事ではない。

が、男たちにとっても、知紘の存在は予想外だったのだろう。

ハッととっさに、知紘はポケットに手を入れる。

「あ、兄貴、まずいですよ…っ、他人を巻きこんだら……」

リアシートに乗りこんだ男が、どこか気弱に言った。

サングラス越しだったが、まともに知紘と目が合って、ひどくあせっているのがわかる。

「黙ってろ、バカがッ！　かまうなっ！　おまえはガキの面倒だけ見てろ！」

それを一喝して、男が慌ただしく運転席に乗りこんでくる。

その怒鳴り声に里桜が泣き出し、隣にすわった男がおろおろするように宥《なだ》めた。

「ご、ごめんな……、大丈夫だから。ちょっとだけ、我慢してくれよ……」

「ほら、行くぞっ！　――どけっ！」

そして運転席の男が、ボタンを押してエンジンをスタートさせる。どうやらスマートキーは車内に置きっぱなしだったらしい。

「母親に連絡を待てと伝えろっ！　警察に通報するなよ！」

道路へ倒れた家政婦に向かって、もう一人の男が叫んでいるのが聞こえる。そしてその男が助手席へ乗りこむと同時に、車が急発進した。

「里桜ちゃん！」

知紘はその勢いのまま振り飛ばされたが、ぬいぐるみをなんとか車の中へ押しこんだ。

「お、おにいちゃん……っ？」

わけがわからないのだろう。ぬいぐるみをぎゅっと抱きしめたまま、里桜の混乱した泣き顔が目に焼きつく。

「知紘さんっ！　大丈夫ですかっ？」

バランスを崩して転んだ知紘を、走ってきた生野がとっさに腕を伸ばして抱きかかえた。さすがに顔色が変わっている。

「追いかけてっ！　里桜ちゃんが乗ってる……！」

叫んだ知紘を見て一瞬、離れることを躊躇《ちゅうちょ》したが、先に知紘が走り出したので、生野がそれを追い越して、車のあとを追った。

住宅街の狭い通りなので、まだそれほどスピードは出せていない。が、キュルキュルとタイヤの音をさせながら何度か角を曲がり、やがて大通りへと走り抜ける。

知紘が息を弾ませてようやく生野に追いついた時、生野は悔しそうに遠く走り去る車を見送っていた。

「すみません……」

そして振り返って、悄然とあやまる。

「ま……、車、相手だからね……。運がよければ、とも…、思ったけど……」

言いながら、ようやく息を整える。

「誘拐……、ですか？」

「みたいだね。こんな真っ昼間に」

硬い声で確認した生野に、知紘は小さく唇を噛《か》む。

「警察、届けます？」

知紘は思わず顔をしかめた。

国民の義務としてはそうかもしれないが、とはいっても、自分の立場で警察に通報するというのもちょっとためらわれる。いろいろと事情聴取を受けることになるだろうし。

それに。

「それは多分…、親の判断になると思うけど」

無意識に爪を噛みながら低く答えた。

家政婦はすぐに家に飛びこんで母親に報告しているだろうし、ありきたりではあるが、誘拐犯は警察に通報するな、と叫んでいた。

実際にどうするかは、親が決めることだろう。

だから自分にできることは。

「どうしますか？」

生野が静かに尋ねてくる。

もちろん、知紘がこのまま何もせず、指をくわえてただ待っているだけのはずがない、とわかっているわけだ。

「とりあえず、携帯、貸して。狩屋《かりや》に連絡して」

「若頭《わかがしら》に？」

テキパキと言った知紘に、自分の携帯を取り出しながら生野が首をかしげる。

「僕の携帯のＧＰＳ、追跡してもらうから」

「知紘さんの？」

さらに困惑したように生野が繰り返す。

今ここにいるのに？ と言いたげだ。

「僕の携帯、ぬいぐるみの中だよ」

そんな生野を見上げ、知紘はにやりと笑った。

異変を感じた瞬間、ぬいぐるみの後ろのファスナーを開いてつっこんだのだ。

「車はきっとすぐに乗り換える。里桜ちゃんがあのわんこ、ずっと持っててくれるといいんだけどね」

そう言った表情は、少し厳しかった。

8

「……そう、すぐにわかると思うよ。歴史館みたいな外観だし。──うん、じゃあ、もしまたわからなくなったら連絡して」

そんな言葉で、遙は通話を終えた。

相手は知紘だ。

美咲《みさき》の、というか、中路の自宅の正確な場所の問い合わせだった。すでに近くまで来ているらしい。

「すみません。大丈夫でしたか？」

振り返って、遙はあらためて確認する。

中路邸の、時代を感じさせる重厚な応接室だった。布張りのソファに分厚い絨毯《じゅうたん》。それにしゃれた形の窓。

その窓際で携帯を使っていた遙を、ソファに腰を下ろしたまま、美咲がじっと見つめていた。

「……ええ。もちろん」

ハッと我に返ったようにうなずく。

「何か、クレーンゲームでとったぬいぐるみを里桜ちゃんにあげたいみたいで」

「うれしいわ」

そっと微笑《ほほえ》んでから、少し落ち着かない様子で胸を撫《な》でた。

「ちょっとドキドキするわね。この間は準備も何もなかったから……。あの子と言葉を交わせることがあるなんて、思っていなかったのよ」

美咲にしても、愛情がないわけではない。やはり母親だと名乗ってもいいんじゃないか…、と思ってしまう。

外から口を出すことではなく、結局は当人の気持ちなのだが、少しばかりもどかしい。

「ああ、そうね…。遺言書にならあの子に何か残せるかしら」

ちらっと笑って言った冗談のような軽やかな口調だったが、案外、本気なのかもしれない。

「死んだあとでわかっても……、知っていればもっと何か話せたのに、と子供の方が思うかもしれませんよ？」

美咲の向かいのソファにすわり直しながら、遙はそんなふうに言ってみる。

「ええ。でも、私はあの子を手放したの。知紘は千住の息子だわ。それで知紘が幸せだったら……、それだけでいいの」

「ヤクザとして生きていくことになるのに？」

思わず、遙は口にしていた。

いくぶん厳しい指摘かもしれない。普通の母親であれば、息子がヤクザの跡目になるということが幸せとは、とても思えないだろう。

「何が幸せかは本人が決めればいい。他人にとやかく言われることではないし、嫌なら別の道へ進めばいいの。知紘はそれができる子みたいだから」

きっぱりと言った言葉に、遙はハッとした。

そう、確かに——遙自身、そうだった。

遙の今の状況は、きっと多くの人間にとって幸せだとは、とても思えないはずだ。

それでも自分が選んだ生き方だった。

この人も、自分に後悔のない生き方を選んでここまで来たのだろう。犠牲にしたものがあったとしても。

「昔見た時も、この間会った時も、知紘は楽しそうだった。……朝木《あさぎ》さん。私は名乗るつもりはないし、あの子の人生に関わることもしない。けれど、これからもずっと見ているつもり。あの子が幸せかどうかだけ。それだけ。……でもそれも、きっと自分のためね」

静かに言った美咲の言葉には、きっぱりとした決意が見える。

ずっと気にかけている、——と。ただそれだけを、自分に許しているのかもしれない。

遙はそっと肩で息をついた。

「離婚後の遺言書の作成を考えていらっしゃるのなら、離婚弁護士か司法書士に依頼した方がいいと思いますよ」

とりあえず、そんな意見を述べる。別に、ファイナンシャル・アドバイザーでなくともできるアドバイスだ。

「正式な書類を作る時にはそうするわ。でもその前に、一度、自分の資産をすべて洗い出しておこうと思って」

「ああ…、ええ、それは必要でしょうね」

「結婚後に増えた資産については、原則的には夫との共有財産になるのかしら？」

美咲がちょっと首をかしげる。

「一般的にはそうですね」

「じゃあ、私個人の財産ではなく、会社の財産として処理できるようにしておかないと」

そんな具体的な話に、遙はあらためて尋ねた。

「本当に離婚されるんですか？」

「正直、まだ迷ってはいるけれど……、ね」

美咲がちょっと苦しげな表情を見せる。

「義母が…、主人の母がとてもいい人なのよ。娘も懐いているし、大事にしてくれる。私も仕事をしているから、義母が一番、里桜の面倒をみてくれているの。里桜もお祖母ちゃん子だし」

肩で深いため息をもらした。

「お義母様も結婚して、この家に入った時にはかなり苦労されたみたいで、私にはとてもよくしてくださるから。不慣れな私にいろいろと教えてくだって。不思議でしょう？　嫁姑関係なのにね。私も母親とは縁が薄かったから……、むしろ夫よりも家族みたいな気持ちが強いの。……ひどいわね。知紘を捨てておきながら、自分だけ家族を求めるなんて」

美咲が自嘲気味に唇を歪《ゆが》める。

「柾鷹《まさたか》が…、千住の家が知紘くんを大事にしていたからでしょう」

母親がいなかったとしても、知紘には間違いなく家族があった。

そんな遙の言葉に、礼を言うように美咲が小さく微笑む。

「義母を残してこの家を出るのは、とても心苦しいわ」

「ご主人とはやり直せないんですか？」

膝の上で指を絡め、美咲が少し考えるようにしてから、ようやく口を開く。

「嫌いになった、というよりも……、失望したのよ。もう何も期待できなくて。あの人の生き方とか、考え方とか。昔はもっと違っていたんだけれど」

失望――か……。

確かにそれはつらいかもしれない。嫌い、にはまだ、相手に対する感情が残っている。反転させることも可能かもしれない。しかし失望は、すでに何の感情も持てないということだ。

もしも自分が柾鷹に何か失望することがあったとしたら、やはり離れることに躊躇はしないだろうな、という気はする。

きっとこの人以上に。

自分と柾鷹との間には、何のしがらみもない。ただ形もなく積み重ねてきた時間と、おたがいの思いがあるだけで、それが消えれば何も残らない。

しかしまあ、今のところ、そんな心配はなさそうだった。あきれることは多いが……、そう、よくも悪くも、いつ何をやらかすかわからない恐さと面白さがある。失望しているヒマもない。

「絶望は死に至る病だと言うけれど、失望は離婚に至るのかもね」

美咲がちらっと口元で笑う。

と、その時、軽いノックがして応接室の扉が開いた。

「美咲さん、帰っているのかしら？」

ものやわらかな口調で、そんな問いとともに入ってきたのは、小柄で品のいい、着物姿の女性だった。

七十前くらいだろうか。グレイの髪をきれいに結い上げ、凛《りん》としたたたずまいを見せている。

そして目の前にいた遙の姿に、ちょっと驚いたように足を止めた。

「あら…、お客様？」

「お邪魔しています」

あわてて遙は軽く頭を下げる。

美咲が立ち上がって紹介した。

「義母ですわ。……お義母様《かあ》、こちら、朝木さん。私の資産管理について、助言をいただいている方ですの」

まだそんな仕事をすると決まったわけではない――多分、しない――が、とりあえず当たり障りのない、そんな紹介になるのだろう。

「無作法をいたしましたわ、朝木さん。お世話になっております。中路静子《しずこ》でございます」

静子が丁寧に一礼してから、美咲に向き直る。

「ごめんなさいね、お話し中に。里桜はもう帰ってくる頃かしら?」

「ええ、少し前に幸恵《ゆきえ》さんが迎えに行きましたから。もうそろそろかと」

微笑んで美咲が返している。

「そう。新しい絵本を買ってあるの。帰ってきたらお祖母ちゃんのお部屋に来てと伝えてね」

「はい。喜ぶと思いますわ。絵本が大好きですもの」

和やかで微笑ましい会話だった。静子も孫と過ごせるのが楽しそうだ。

確かに離婚となって、嫁と孫娘がいなくなると祖母は悲しみそうだな、と思うと、遙も少し胸が痛い。息子もほとんど家にはいないのだろうし、家政婦や誰かがいたとしても――この広い家に一人きりで残されてしまう。

「朝木さん、ごゆっくりなさってね」

と、遙に言い残して静子が部屋を出ようとした時だった。

半分ほど開きっぱなしだった扉から、倒れこむようにして女が飛びこんできた。

「奥様……、奥様……っ！」

ただ事ではない、ひどい混乱と狼狽《ろうばい》ぶりに、一瞬に空気が変わる。

「里桜ちゃんが……っ！」

声が震え、混乱と恐怖でほとんど言葉になっていない。

「幸恵さん？　え、里桜が……どうかしたのっ？」

さすがに顔色を変えて美咲がつめよると、床へ膝をついた家政婦の肩を強くつかむ。

「ゆ、誘拐……、誘拐されてっ！　たった今、外で……っ！　……すみませんっ、私、どうしたら……っ」

そのまま女が泣き崩れた。

「誘拐……？」

美咲がとても信じられないように呆然《ぼうぜん》とつぶやく。

さすがに遙も息を呑《の》んだ。反射的に窓から外を見る。

庭も広く、玄関から外の門まで距離もある。エアコンの効いた室内で、窓は閉ざしていて、そんな騒ぎはまったく耳に届かなかった。

「外……？　――里桜……！」

美咲がハッとしたように走り出した。玄関を飛び出し、外まで捜しに行ったようだ。

今行っても、とは思うが、冷静に考えていられる状態ではないのだろう。

「里桜が……？」

呆然とつぶやいて、静子が真っ青な顔でふらりと倒れかけ、遙はあわてて身体を支えると、そばのソファにすわらせた。

「少し、お願いします」

とても頼りないが、とりあえず家政婦に頼むと、遙も急いで外へ出る。

「里桜！　里桜っ、どこにいるのっ？」

美咲は裸足《はだし》のまま門の外の通りへ出て、娘の名前を叫んでいた。

横のガレージの扉が開いたままで、ちらっと遙は中をのぞいたが里桜の姿はない。車もない。

遙は急いで美咲の身体をがっちりとつかまえると、ピシャリと言った。

「落ち着いてください。中へ入りましょう。本当に誘拐だったら、騒ぐのはまずい」

古くからの高級住宅街で、あたりはみんな庭の広い一軒家ばかりだ。人通りもほとんどないが、さすがにこんな声を上げていれば、誰かが出てきそうだった。

「ごめんなさい……、私……」

ようやく我に返ったように、美咲がぼんやりと遙を見つめる。指先がぎゅっと胸のあたりを握りしめた。

「まずはしっかり状況を確認してからですよ」

あえて厳しく、言い聞かせるように言うと、美咲が何度もうなずいた。

「ええ…、そうね。大丈夫」

ようやく落ち着きを取りもどしたらしく、急いで応接室へもどると、家政婦が意外とテキパキと静子の介抱をしていた。

自分よりひどい状態の人間を見ると、逆に落ち着いてくるものらしい。

「幸恵さん、何があったの？」

美咲が必死に気持ちを静めて尋ねている。

向き直った家政婦も、かなり冷静さを取りもどして答えた。

「それが……、ガレージに車を入れようと扉を開けていたら、どこかに隠れていた男たちがいきなり襲いかかってきて。車ごと、里桜ちゃんをさらっていったんです」

乗っていた車をそのままか、とようやく遙も納得する。だから車庫に車がなかったのだ。

「とにかく警察へ知らせましょう。まだこちらの家の車に乗って走っているのなら、ナンバーで捜せるはずですから」

遙の言葉に、家政婦が思い出したように声を上げた。

「だ、だめです……！　男が…、警察に言うなと。連絡を待てと叫んでいきました」

「連絡？」

つまり、いずれ身代金の要求をしてくる、ということか。

とはいえ、それは常套句だろう。

美咲がソファの端に置きっぱなしだったバッグから携帯を取り出した。

「奥様……!?」

「とにかく、主人に連絡しないと」

家政婦があせった声を上げたが、まずは夫に知らせるようだ。それはそうだろう。

表情は硬く、操作する指先も震えている。

「——あ、あなた？　大変なの、里桜が……、——えっ？」

説明しかけた言葉がふいに途切れる。

「あなたの方に要求が……？　——わかりました。ええ、待っています」

そんな言葉で美咲は通話を終え、遙に向き直った。

「主人の方に何か要求があったみたい。すぐに帰ってくるから、何もせずに待っていろと」

「中路議員の方に？」

それはずいぶんと行動が早い。

事件が起きて、まだ十五分とたっていないはずだ。

しかしそれで美咲も少し気持ちは楽になったのか、思い出したように静子に近づいた。

「お義母様、大丈夫ですか？」

「美咲さん…、里桜は……っ？」

ハッと顔を上げて、静子が無意識のように美咲の手をつかむ。

「必ず帰ってきますよ。心配なさらないで。少しお部屋で休みましょう」

優しく言うと、手を貸して静子を立ち上がらせた。

「幸恵さん、お義母様にお茶を持ってきてくださる？　あなたも少し休んで」

「は、はい……」

家政婦に指示を出し、そのまま義母を連れて廊下へ出た。

一人、応接室に残されて、遙は大きく肩で息をつく。

とんでもない現場に立ち会ってしまったな、と思うが、まあ、これまで、もっととんでもない現場を見たことがないわけでもない。

何十人もの組長の前で、柾鷹と……したり、一永会《いちえいかい》のヤクザが目の前で拳銃をぶっ放したり。

詐欺グループの連中に脅されたり。

ハッと思い出した。

――そういえば、知紘くんたち……？

この時間になって、まだ姿を見せていないのはおかしい。そしてあのタイミングであれば、現場に遭遇していた可能性も十分にあった。

もし、すれ違いで今訪ねてきたとしても、それはそれでいろいろとまずい。

あわてて携帯を取り出すと、いつの間にか生野から着信が入っていた。バタバタしていて気づかなかったようだ。

あわててかけ直す。

「生野くん？」

つながった瞬間、声をかけるが、返ってきたのは知紘の声だった。

『あっ、遙先生！　よかったー。今、そっち大変だよね？』

いつもと同じ、明るく弾んだ声。しかしいくぶん、緊張があるだろうか。

「あ、うん。……もしかして、目撃した？」

なぜか小声になってしまう。

『バッチリね。里桜ちゃんを乗せてる車を追いかけたんだけど、ちょっと見失っちゃって』

悔しそうな声。

「追いかけたって……、危ないこと、してないよね？」

思わずあせって聞き返したが、大丈夫だよー、とあっさり答えた知紘の大丈夫は、とても世間一般の大丈夫とは思えない。信用できない。

「中路議員の方に要求があったみたいで、すぐに帰宅するようだから。知紘くんはこれ以上、深入りしちゃダメだよ。今日はおとなしく家に帰って」

『はーい。わかってるよー』

という元気のいい声も、まったく信用できない。

なんだろう？　柾鷹の、一回だけ、とか、キスだけ、と同じくらいの信用度しかない。

……確かに、親子だ。

とはいえ、それ以上、何か言ってもムダだというのはわかっている。とりあえず生野がついてるだけ、まだ安心だ。

『あっ、僕の携帯の方にはしばらく連絡入れないでね！　手元にないから』

と、なぜだかそんな言葉とともに、電話が切れる。

どうしようか、とちょっと考えてしまう。

結局のところ部外者なので、邪魔にならないようにすぐに辞去するところだろうが、こんな状態の女性ばかりを放り出して帰るのも気が引ける。

もどってきた美咲が、主人が帰るまでいてくださると心強い、ということだったので、二人で落ち着かないまま待っていると、一時間足らずで玄関の方が騒がしくなった。

「あなた……！　里桜が」

美咲が飛び上がるようにソファを立ち、玄関まで迎えに走る。

「ああ、わかっている」

押し殺したような低い男の声。中路だろう。

「この人たちは……？」

そして訝《いぶか》る美咲の声。

応接室は玄関のすぐ脇なので、そんなやりとりも丸聞こえだ。

「奥さん、どうか落ち着いて。我々の指示に従ってください」

そして比較的若い男の声。

「警察だ。通報して……、一緒に来てもらったんだ。犯人が見ていても、秘書だと思うだろう」

「知らせたの⁉」

「当然だろう。私は代議士だぞ？　警察を信用せんでどうする」

そんなことを言い合いながら、応接室の方に一同が流れこんでくる。

先頭を切って大股で入ってきた中路が、遙の姿に大きく目を見張った。

「なんでこの男が家にいるんだ？」

「私がお呼びしていたからよ。それより、里桜は無事なの？　要求って？」

遙が一礼する横であっさりと言って、美咲が詰め寄るように尋ねている。

「身代金だ。一億だと。今日の夜、九時までだ」

「一億……」

さすがに美咲が息を呑んだ。

そんな、他人が聞いてはいけないような会話を、耳を塞ぐこともできずに聞きながら、遙は入ってきた男たちを眺めた。

中路と、あと二人。二十代後半くらいと、もう一人は三十代前半くらいだろうか。スーツ姿の男たちだ。

一人は前髪を高めにした刈り上げで、もう一人はツーブロックの短髪。浅黒く日焼けした顔が、地味めのスーツから浮いている。

二人はものめずらしげにあたりを見まわし、遙に目をとめて、わずかに目をすがめた。こそっと二言、三言、二人で言葉を交わしている。

――刑事……？

警察と言っていたから、私服警官ということだろう。

しかし、遙は妙な違和感を覚えていた。

……何だろう？

その目つきというか、歩き方というか、妙に馴染《なじ》んだ胡散臭さ、みたいなものだ。

スーツがちょっと身体に合っていない。が、まあ、刑事が秘書のふりをしているというのなら、それもあるかもしれない。ドラマと違って、ふだんの私服刑事もスーツ姿ばかりではなく、作業着姿も多い。

「奥さん、用意できますか？」

男の一人が美咲に尋ねている。

「さすがにすぐには……。銀行ももう、この時間だと」

「おまえの会社なら、金庫にそのくらいあるんじゃないのかっ？　里桜の命がかかってるんだぞっ!?」

中路がいらだったように声を荒らげる。

「無茶を言わないで。そんな大金、手元にあるわけないでしょう」

「だったらあるだけ全部かき集めろっ。時間がない。犯人には俺が交渉する」

「交渉って……」

絶句した美咲に、刑事の一人が声をかけた。

「とりあえず、できるだけの手配をお願いします」

「……わかりました」

うながされ、うなずいた美咲が携帯を手に足早に部屋を出る。

そして、それを見送った男が、ふらりと遙に近づいてきた。

「朝木、遙さん？」

「あ、はい」

「こういう状況ですので、いったんお引き取り願えますか？」

じっと探るように遙を見つめ、淡々と言った。

「ああ…、はい。わかりました」

当然だろう。

「くれぐれも、この件について他言は無用に願います。人質の安全がかかっていますのでね」

「はい、もちろん」

念を押すように言われ、遙も了承する。

玄関へ向かった遙のあとを、何気ない様子でその刑事がついてきた。

見送る、というよりも、見張るような目つきだ。

やはり妙な感覚だった。

遙も——否応なく、ヤクザの業界に少しばかり慣れている。入れ替わり立ち替わり、目の前に姿を見せてくることもあり、感覚的に察するところはある。

「あの、刑事さんって二人だけなんですか？　身代金の要求とかに備えて、いろいろと作業もあるんでしょう？」

歩きながら、さりげない好奇心のような調子で遙は尋ねてみた。

「ああ、もちろんあとですぐに応援が来ますよ。急な通報だったもので、とりあえず私たちが先乗りで」

よどみのない言葉に、なるほど、とは思う。そもそも誘拐事件の捜査の手順なども、ドラマ以上に知っているわけではないので何とも言えない。

しかし、それにしてはずいぶんと若いな、と思った。誘拐事件なのだ。もう少し経験のあるべテランの刑事が出向いてもいい気がする。それに、奥さんと家政婦がいることがわかっていれば、女性警官の一人も連れてこないだろうか？

もちろん急だった、ということであれば、すぐに動けるのがこの二人だった、ということかもしれない。

さすがに、まさかな…、と、遙はいったん心の中の疑惑を打ち消した。

そもそも刑事とヤクザとは、かなり雰囲気が近いことも多い。特に組対四課――マル暴だったりすると、どっちがヤクザかもわからない。

だいたい中路自身が通報して、一緒に連れてきたのであれば、疑う余地はないはずだった。

遙が玄関先で靴を履いていると、男のポケットで携帯が音を立てた。

「――はい、北澤《きたざわ》です！」

驚くくらいの素早さで、男は内ポケットから携帯を取り出して応答する。

「お疲れっす。――はい、こちら、入りました」

キビキビした声。

ちらっと遙が顔を上げると、半分背を向ける形で立っていた男の片耳にピアスの穴が見える。

遙は思わず眉を寄せた。

……まあ、もちろん、刑事がピアスをして悪いわけではない。が。

「失礼しました。どうか、お気をつけて」

通話を途中に、男が携帯を胸に押し当てるようにして、遙に愛想笑いを向けてきた。

どこにでもある、黒のスマホ携帯。

が、遙は二度見していた。

「何か？」

無意識に凝視してしまっていたのだろう。

怪訝《けげん》そうに聞かれ、あわてて首を振る。

「……いえ。里桜ちゃんのこと、よろしくお願いします」

ようやくそれだけ言って、玄関を出た。

ゆっくりと庭を通って門を抜ける。そして無意識に家を振り返った。

男の持っていた携帯の裏面に、シールだろうか、デザインが浮き出ていたのがちらっと見えたのだ。

黒のバックに黒の模様だったので、正直、はっきりとはしない。が、かすかに銀のラインが入っており、それが一瞬、代紋——かと思った。

もちろん、どこの組の、というほどくわしいわけではなく、単なる家紋か、あるいは何かスピリチュアル的な模様のシールだったのかもしれない。

が、やはりドキリとした。

なんだろう？　ピアス穴もそうだが、いろいろとちぐはぐな印象なのだ。

中路もだが、刑事たちはまず、身代金の手配を指示した。が、その前に、美咲なり、家政婦なりに状況を聞くべきではないのだろうか？　里桜が、家の車に乗せられたまま連れ去られたという事実を彼らはすでに知っていて、車の手配をしているのだろうか？　まずそこからで、一刻を争うように思う。まさか、中路に身代金を要求した犯人が、わざわざそれを伝えてくれたとも思えないが。その場にいた遙にも、一応、事情は聞くのではないかとも思う。答えられることは何もなかったにしても。

それに……そうだ。

——なぜ、あの刑事は自分の名前を知っていたのか。

それが一番大きな違和感だった。

応接室へ入ってきた時、なんでこの男が家にいるんだ、と遙を見て、中路は驚いていた。ということは、事前に遙のことを説明していたはずもない。

なのに、なぜ？

自分の顔と名前を知っているのはヤクザ関係者ばかりだ、と考えてしまうのは、自分でもちょっと被害妄想ではないかとも思うが、それでもやはり蓋然性は高くなる。しかし同様に、警察関係者にマークされていたとしても、別に不思議ではないのだ。

だとすれば、逆にあっさりと解放されたのもちょっと不思議な気がする。

誘拐事件が起こった現場に、暴力団関係者がいたのだ。少しくらいは関与を疑ってもおかしくない。

いろんな細かいことに、もやもやしてしまっていた。

いったい……どういうことだろう？

もし仮に、あの二人がヤクザだったとしたら。

里桜を人質にとられ、中路が脅されている、ということはあり得る。刑事のふりで、二人が監視についている、ということだ。金を用意させ、そのまま持って逃げればいい。

ヤクザがついに誘拐ビジネスにまで手を伸ばした、ということだろうか？

中路の様子からはうかがえなかったが、中路も必死だったのかもしれない。

しかし……結局、推測ばかりで確かなことは何一つないのだ。

何か——、はっきりさせられればいいのだが。

ぐるぐると頭痛がするほど考えて、あ、とようやく一つ思いついた。

駅へ向かう途中の閑静な住宅街の真ん中で突然立ち止まると、遙は携帯のアドレス帳から一つ、名前を呼び出す。

以前に名刺をもらっていたこともあり、なんやかやで一応アドレスに入ってはいたが、こちらからかけるのは初めてだった。

三回ほどのコールで相手が出る。

「あ、宇崎《うざき》さん？　朝木です」

『これはこれは……。驚きましたなぁ。朝木さんの方からお電話をいただくとは。どうかされましたか？』

クセのある、のんびりとした声が返ってきた。

宇崎は、以前遙が巻きこまれたちょっとした事件で知り合った所轄の刑事だ。五十がらみの、しょぼくれた雰囲気だが、なかなかに目端が利く。

実のところ、柾鷹とは政敵と言える、神代会《かみしろかい》内での別の組長と通じているらしく、正直あまり関わり合いになりたくはない。だが元教え子の父親であり、どうやら遙に恩義を感じているところもあるらしく、ちょこちょこと忠告や情報をもらしてくれていた。

「すみません、突然。実は少し、お聞きしたいことがあって」

『はあ…、あたしにわかることでしたら。何でしょうな？』

「ええと…、今現在なんですが、都内で誘拐事件が発生しているかどうか、宇崎さんの方で確認できませんか？　小さい女の子の誘拐事件」

『はぁ？　誘拐事件？』

口調はそのままだったが、宇崎の声がわずかに緊張した。

『それはまた……、妙なことに首をつっこまれてるんですかね？』

探るような問いを無視して、遙は続けた。

「細かい内容をお聞きしたいわけじゃないんです。発生しているかどうか、警視庁の刑事が動いているかどうかだけわかれば。誘拐事件専門の班がありますよね？」

『SITですかね…。うーん、誘拐事件の場合、公開捜査にならなければ、他の班にもあまり知らされることはないんですが…、まあ、ちょっと調べてみましょうか。本庁の一課には知り合いもおりますんでね。わかりましたら、折り返させていただきますよ』

「すみません、お願いします。……あ、それと、そこに北澤という刑事がいるかどうかを」

思い出して付け足した遙に、わかりました、と宇崎が電話を切る。

もし警察の方で誘拐事件を把握していないということであれば、あの二人の刑事は偽物ということになる。

だとしたら、やはり中路議員は脅されているのか、あるいは、だまされているということになりそうだ。

その場合、金はとられるかもしれないが、とにかく、里桜ちゃんが……無事に帰ってくることが最優先になる。

何ができるかはわからないが……、とりあえず今は、宇崎からの連絡を待つしかない。

待っている間に、思い出して遙は一度、生野に電話を入れた。が、出たのは知紘だ。

「家に帰った？　何か無茶してないよね？」

もしもし、と聞こえた瞬間、厳しい声で確認した遙に、ハハハ…、と知紘が愛想笑いを返す。

『無茶はしてないから、大丈夫。それに、まだはっきりと居場所はわからないけど……、でも多分、里桜ちゃんの近くにいるみたい。乗ってた車もあったよ』

「えっ？　どういうこと？　どこにいるの？　何してるの？　警察も把握してるの？」

思わず、咳《せ》きこむように畳みかけてしまう。

警察より、ずっと先に進んでいるようだ。誘拐現場に居合わせたアドバンテージがあったとはいえ。

『今のところ、警察の姿はないけど。通報したの？』

「したようだね。刑事が二人、中路さんと一緒に自宅に来てる」

『ふぅん……。にしてはずいぶん、初動が遅いなあ』

あきれたような声でつぶやいた。

「居場所がわかっているなら、警察に知らせないと」

急《せ》かすように言った遙に、知紘がうーん、とうなった。

『それが、まだわかってるってほどわかってないんだよねー。候補の家が千戸くらいあってさー。パトカーが来て騒がしくなると、ちょっとマズい気もするし』

「千？」

意味がわからず、思わず聞き返した時だった。

「――朝木さん！　朝木遙さん？」

え？　と足を止めて振り返ると、さっきの刑事の一人がこちらへ走って近づいていた。

「ああ…、とにかく柾鷹にはきちんと連絡を入れて。ごめん、またあとで電話するから」

急いでそれだけを言うと、電話を切って男が来るのを待つ。

「すみません、ちょっとよろしいですか？」

大きく息をついて、男が言った。

「ええ…、はい」

遙はわずかに身体を緊張させつつ、それでもうなずいた。

まだ彼らが偽物と決まったわけではない。

もっとも、今頃？　という気もしたが。事情聴取であれば、真っ先にするべきだろう。

「何でしょう？」

用心しながら聞き返した遙に、男がわずかに声を潜め、険しい表情で身を乗り出してくる。

「ええ、実は朝木さんにご協力いただきたいことができまして」

「協力？」

ちょっと首をかしげる。

まさか、身代金の受け渡しとかじゃないだろうな、と頭の中で考えた時だった。

バリッ！　と嫌な音が耳元で弾《はじ》けるとともに、肩のあたりに重い衝撃が走る。一気に膝が崩れ、立っていられなかった。

——スタン、ガン……？

いつの間にか、背後にもガタイのいい男が一人立っている。
身体に力が入らず、崩れ落ちた遙の身体を、男がおっと、と片腕で受け止めた。
「ちょっと一緒に来ていただきたいんですよね」
そして低く笑うように耳元でささやく。
——どうして、俺を……？
意味がわからない。
いや、やはりこいつらは——
意識が遠のく中、スーッと後ろから近づいてきた車が横付けされるのがわかった。

9

そろそろ夜の七時になろうとしていた。

しかしまったく気温は下がる気配がなく、暑苦しい熱帯夜になりそうだ。

だが柾鷹が不機嫌なのは、それが理由ではない。

「……まだ連絡はとれねぇか？」

本家のリビングをいらいらと歩きまわりながら、何度目かの問いを狩屋に投げる。

「ええ、相変わらずです」

それに狩屋が冷静に答えた。

どうやら遙の携帯の電源が、ずっとオフになっているらしい。

知紘から、遙先生と連絡がとれない、と言ってきたのが、夕方の四時過ぎ。

もちろん三十も過ぎたいい大人の男だ。少しくらい連絡がとれなかったところで、大騒ぎする必要はない。……普通ならば、だ。

だが遙は、あとで連絡する、と言っておきながら、そのままになっているらしい。

遙らしくないし、映画館とか、電源を切らなければならない場所へ行っているわけでもないだろう。

なにしろ、小さな女の子が誘拐されているさなかだ。

柾鷹が事件を知ったのは、知紘が狩屋に連絡してきた時だった。

どうやら自分の携帯を、誘拐された子供の車に投げこむことに成功したらしい。だから、狩屋にGPSをチェックしてほしいということで、今携帯のある場所を知らせてやっていた。

適当なところで警察に任せて、あんまり深追いするなよ、とは言ってあるが、まあ、知紘も携帯を回収しないままでは、その警察に痛くもない腹を探られることになる。なにしろ、ヤクザの跡目だ。

おまけに遙も現場にいたようだし、さらにそこからいろいろと調べられて、知紘と美咲の関係まで表沙汰《おもてざた》になるのは……まあ、柾鷹としてはさして問題ではない。が、美咲にとっては、社会的にかなり痛手だろう。

正直、柾鷹的には誘拐事件など、気の毒だな、とは思うが、しょせん他人事だ。特に何か動こうなどというつもりは、一切なかった。ヘタに手を出すと、それこそ警察に妙な疑いの目を向けられかねないし、向こうにとってもありがた迷惑だろう。

だが、遙が巻きこまれたとなると、話は別だった。

とはいえ、遙が巻きこまれる意味がわからない。出先で子供の誘拐事件が起こったにせよ、進んで首をつっこむほど暇ではないはずだ。自分の立場も自覚している。何なら警察が来る前に、おとなしく帰ってきているはずだが。

「誘拐事件とは別に、どこかの組の人間が、また遙さんを狙ってきたということでしょうか？」

舎弟頭《しゃていがしら》の前嶋《まえじま》が難しい顔で口にする。

「このタイミングでか？」

柾鷹はちょっと眉を寄せた。

さすがにちょっと考えられない。

「誘拐事件を起こしたのがどこかの組だったら、ついでということもあるかもしれませんよ？」

それもおもしろい見方ではあるが。

「ヤクザが誘拐なんて目立つ真似《まね》をするわけねぇけどな。人買いならともかく」

こめかみのあたりを無意識に掻きながら、柾鷹はうなる。

初めから人身売買目的であれば、子供や女をさらうこともあるのかもしれないが、誘拐はリスクが高すぎる。日本で誘拐をビジネスにするくらいなら、他にもっとローリスクで実入りのいいシノギはいくらでもあるはずだ。

正直、今起きていることがどうつながるのか、あるいは関係のない別個の話なのか、まったく絵が見えなかった。

「まァ…、遙っつーか、今、千住にケンカ売ろうとか考えるヤツがいるとすれば、……峰岸《みねぎし》のオヤジくらいか？」

どかりとソファに身体を落とし、身体を伸ばしながら柾鷹はなかば独り言のようにうなった。

「ああ…、この間、妙なことをおっしゃってましたからね」

対面のソファにすわっていた狩屋もうなずく。

先日の例会の時だ。デッドボールがどうとか。

「けどなぁ…、今、峰岸が遙をさらってどうなる？　確かに遙の投資の腕が欲しいって連中は多いだろうが、峰岸が狙っているのは最高幹部の椅子《いす》だろ？　あっちが俺と争ってるつもりなら、そこで遙をどうこうするかねぇ……？　そりゃ、遙がいなくなりゃ、俺のダメージはでけぇけどなー…」

納得できないように、うーん、とうなる。

「ええ、むしろ、逆に作用しそうですからね」

狩屋がちらっと微笑んだ。

柾鷹がどれだけ遙に執着しているか、神代会の組長たちなら、それこそ語り草になるくらい、十分に理解しているはずだ。

なにしろ柾鷹は、若い頃からケンカ上等、イケイケの武闘派で来ている。

遙がどこかの組にさらわれたとなれば、その組を潰す勢いで報復が来る。いや、間違いなく、ぶっ潰す。命がけで。

……というくらいのことは、柾鷹を知っている人間もわかっている。

つまり、最高幹部の椅子どころの騒ぎではなくなるわけだ。

「神代会じゃなく、別の…、一永会あたりの連中かもしれませんね」

前嶋が首をひねりながら言った。

確かに、その可能性もあるが。

「……そういえば、峰岸の方、何かわかったのか？」

思い出して、柾鷹は狩屋を眺めた。

「ああ…、はい。いえ、なかなか難しいですね。事務所や本家を調べられれば何か出てくるんでしょうが、外からだとちょっと時間がかかりそうです」

「そりゃそうだよな」

柾鷹は渋い顔で顎を撫でた。

「例の件ですか？　代行から依頼があった」

前嶋がちらっと柾鷹の表情をうかがう。

ああ、と柾鷹はうなずいた。

先日の例会のあと、代行に呼ばれて、一つ、頼まれごとをされたのだ。

どうやら匿名で、内部告発があったらしい。

――峰岸が神代会の金を着服している、と。

峰岸は現在、神代会で慶弔委員長の立場にあり、神代会を通す冠婚葬祭関係の、いろんな祝い金だの、香典だのを管理している。

その金をちょろまかしているのではないか、ということだ。

香典をちょろまかす、というとかなりせこい感じはあるが、しかし相手によっては数百万、あるいは一千万、いく場合もある。そこから数百万ずつ抜けば、かなりまとまった額にはなる。

しかも祝い金や香典の金額など、基本的に相手に対していくら包んだ、などとしゃべるようなものではない。思ったより少なくて、あいつ、ケチくさいな、と思ったとしても、それで相手にねじこむようなことは、まずない。結局、うやむやに終わってしまう。

しかし逆に、神代会から出す場合も同様なのだ。代行が会から一千万包んだとして、もし峰岸が五百万抜いたとしたら、相手方には五百万しか渡らない。

もらった方には「あのジジイ、しけてんな」と思われるわけで、ひいては、このところ神代会はシノギがやばいんじゃないのか、とか、次のポストは神代会にまわす必要はないんじゃないのか、とか、総本部での影響力や人間関係にも差し障りが出る。

そしてなによりも、メンツに関わる。極道としては、到底容認できない状況だ。

かといって、相手方に「いくら包みましたか」と問い合わせるわけにもいかない。

もし峰岸の着服があれば、それに気づかなかった神代会の恥になるし、逆に問題がなかったら、相手の金額が少ない、と暗に皮肉っているようにもとられてしまう。

そもそもせこい香典泥棒とはわけが違う。神代会の金に手をつけてタダですむとは、峰岸も思っていないはずだ。最高幹部に手が届こうかという男が、そんな真似をするのか、という気もするし、胡散臭い匿名告発にどれだけ信憑性があるのかを考えると、それを鵜呑《うの》みにして峰岸を責めるわけにもいかないだろう。峰岸を恨んだ、内部の誰かの策略ということもあり得る。

だからその真偽を柾鷹に調べてほしい、ということだったが。

「もし峰岸がやってるとすれば、裏帳簿があるだろう。今時なら、ほれ、パソコンでつけてるんじゃないのかい？　セキュリティだの、パスワードだの小難しそうだが、おまえんとこの姐《あね》さんなら、そういうのを調べるのも得意だろう？」

とか、皺だらけの笑顔で無邪気に言われて、遙はハッカーじゃなくて投資家だ、と柾鷹は内心でうなったが、この年代のジイさんたちにしてみれば、パソコンを使って仕事をしているような人間は、全部同じなのかもしれない。

とはいえ、おそらく代行も、わかっていて言っていた気がする。

時代遅れの老人を装って、まったく食えないジジイなのだ。

代行の横で、澄ました顔で立っていた高園も、ちらっと口元が笑っていた。ふだん、まったく喜怒哀楽のわからない男なのだが。

要するに、面倒な案件を押しつけてきた、ということである。

振り切ってよく言えば、信頼して任せてきた、ということで、おそらく力量を試している、という底意地の悪い側面もある。

何にしても、ここで「できません」という対応はあり得ないわけだった。しかしこの件がはっきりしないうちは、幹部会の人事についても先に進まない、ということらしく、いくぶん結果を急かされていた。

しかしこれが難題なのである。狩屋の言うように、外から調べてわかることは限られていた。内容が内容なだけに、部外秘が徹底されていたが、前嶋くらいには話しておかないと動きのとりようがない。

「しばらく前に、ほら、東京湾に浮いてた死体」

柾鷹の言葉に、ああ、と前嶋がうなずく。

「まだ身元不明なんですよね？　やり口がヤクザっぽいとは思いましたが」

「アレがどうやら、峰岸の金庫番だったみたいでなー。もし峰岸が神代会の金をちょろまかしているとすりゃ、当然、金庫番は嚙んでるだろ。で、何かやらかしたか、口封じかもしれねぇ、ってことで、代行からすりゃ、告発にちっとばかし、信憑性を感じたみたいでな。それまではよくある怪文書の類《たぐ》いかと思ってたようだが」

「金庫番……、ですか」

柾鷹に言葉に、前嶋がハッとしたようにつぶやいた。

期せずして、柾鷹と狩屋の目が前嶋に注がれる。

前嶋が千住の金庫番である、斎木奏《さいきかなで》といい仲だ、というのは、本人は隠しているつもりかもしれないが、思いきり察しているところである。

柾鷹はにやりと笑って言った。

「やっぱりここは、誰か峰岸のところに送りこんで、内部から調べさせなきゃ無理だろうなァ。……誰だっけ？　斎木んとこの息子、あいつならいけんじゃねぇのか？　若いし、頭もイイし、今なら峰岸も、新しい金庫番を探してるだろうしな。偽名を使って潜りこませりゃ……」

「ご冗談でしょう！　危険すぎますよ」

膝を立て、顔色を変えて前嶋が叫んだ。

「——うおっ。ご冗談だよ。心配すんな」

あまりの勢いにちょっと驚いた柾鷹だったが、手を振ってあっさり返す。

「オヤジさん……」

ハァ、と前嶋が目に見えて肩で安堵《あんど》した。

狩屋が低く笑う。

が、前嶋をからかっている場合ではないのだ。

「峰岸の本業は、一応不動産がメインなんですが、ＩＴ系の会社も買収しています。投資会社ではないんですが、調べてみたら、ここ一年くらいで峰岸のまわりで投資家が二、三人、姿を消しているんですよ。ちょっと気になるところですね」

狩屋のその報告に、柾鷹は額に皺を寄せ、無意識に指先で耳を掻いた。

「つまり、投資に失敗して会の金に手をつけた、ってことか？」

「手元不如意になって、うっかり目の前にあった金を借りた。多分、初めはすぐに返すつもりだったんでしょう。それこそ投資で取りもどせさえすれば、すぐに返せる、という感覚で。でも結局、損失が膨らんで、帳簿上でごまかすしかなくなった」

「まァ、ギャンブルってのはそういうモンだからなー」

柾鷹は肩をすくめた。

あり得ない話ではない。

「それで…、顧問をさらったと？」

前嶋がうかがうように確認してきた。

むー、と腕を組み、柾鷹はうなった。

遙だって負けることはあるが、まあ、そのへんの適当に峰岸がスカウトした投資家よりは、数段上だろう。切羽詰まって、実力のわかっている人間を引っ張った、という流れも、なくはない。

とはいえ、だ。

遙が消えれば、柾鷹が血眼になって捜すことはわかっている。監禁して仕事をさせるにしても、いつまでも隠し続けられるわけではない。いずれ発覚した時、千住と全面抗争になっては、まったく意味がない。

それとも、絶対にバレない自信でもあるのだろうか？

「中路先生のお嬢さんと、遙さんと、もし二人がほぼ同時にさらわれたとすると、中路先生と峰岸の距離がさほど遠くないというあたりが、少し気にかかるところではありますね……」

眉を寄せて、狩屋がなかばつぶやくように言った。

「遠くない？」

柾鷹は首をかしげた。

「峰岸はもともと小久保《こくぼ》先生とつながっていたはずですが、例の、雪村《ゆきむら》先生の秘書に金を持ち逃げされて以来、どう関わって何をやらかしたのかわかりませんが、小久保先生は表舞台から一歩退いている。今度の入閣レースにも参戦していないようです。その代わりに、小久保先生と近かった中路先生が名乗りを上げた。峰岸はスライドして中路先生のバックについた、ということではないでしょうか？」

「バックについたセンセイの娘を何で誘拐するんだ？」

「そこですよね……」

額に皺を寄せて聞き返した柾鷹に、狩屋がちょっと息をつく。

「あ、もしかして、顧問を引っ張り出すために娘さんの誘拐事件を仕組んだ、ということは……ないですね」

思いついたように声を上げた前嶋だったが、さすがに途中で気づいたようだ。

「さすがにそれは無理スジだなァ……」

回りくどすぎるし、リスクが高すぎるし、そもそも遙が美咲と知り合ったのは偶然に過ぎない。

「逆に、遙さんが中路の奥さんと知り合ったことを知って、峰岸がそれを何かに利用しようとした、というのはあり得る話かもしれませんが」

考えながら、ゆっくりと狩屋が言葉にする。

「何に？」

それが問題だ。

「わかりませんが…、峰岸の組長はかなりの策士ですからね。お嬢さんを誘拐して、人質にして遙さんに仕事をさせようとしている……とか。いえ、これもかなり無理がありますが、何かそんな感じのことを企んでいる可能性はあるかもしれません」

「そんな感じってどんなだよ？　……あ、もしかして、美咲と知紘の関係をどこかで聞きつけたとか？」

知っているのはすでに引退した古参の組員が数人と、現役だと、ここにいる三人くらいなのだが。

「それはなさそうですね。もし峰岸の組長がそれを知っていたら、誘拐なんて間に挟む必要はないですよ。直接奥さんを脅せばいい。出せる金はあるんですから」

それはそうだ。

だとすると、どういうことだ？　と、柾鷹が考えこんだ時、いきなり狩屋の携帯が着信音を響かせた。

「――遙か？」

思わず柾鷹は身を乗り出したが、素早くポケットから取り出し、相手を確認した狩屋は、わずかに眉を寄せた。

「宇崎ですね」

柾鷹はちょっと目を見張った。

「宇崎？　刑事の？　おまえ、宇崎と番号、交換してんのか？」

「ええ。なんだかんだで情報をくれることがありますし」

狩屋がうっすらと笑って答える。

「あいつ、磯崎《いそざき》の子飼いだろ？　バレたら半殺しじゃすまねぇだろ……」

あきれてため息をついた。

磯崎というのは、神代会で柾鷹とはあからさまに敵対している筆頭だ。宇崎は、その磯崎から金をもらって情報を流している、要するに悪徳警官である。

「そのへんはのらりくらりとかわすんじゃないですか？　そういうのがうまい男ですよ」

さらりと答えてから、狩屋が電話に出る。

「これは、宇崎さん。どうされました？」

いつも通りの穏やかな応対だ。こちらの状況を悟らせることはない。

『どうも、若頭。千住の組長もいらっしゃいますかねえ？』

そんな声がもれ聞こえ、狩屋が携帯をスピーカーにしてテーブルにのせた。

「何の用だ？」

柾鷹の方は頓着せず、不機嫌に言い放つ。

「今はてめぇの相手をしてるヒマはねぇんだがな」

『そう邪険にしないでくださいよ……。あたしもちょっと困ったあげくに、若頭にお電話差し上げた次第でしてねえ……』

「さっさと用件を言え」

気弱に見せているが、単に小狡いだけだ。

『それが、そちらの顧問さんのことなんですがね』

顧問、というのは、役職というよりも、内々での遙の呼び方だ。

姐さん、と呼ぶと遙が怒るのだが、では組員たちが何と呼べばいいのか、が問題になり、いつの間にか「顧問」というのが定着したらしい。

宇崎の言葉に、思わず狩屋と視線がぶつかる。

「遙が……どうした？」

低く柾鷹は尋ねた。

『それが、連絡がとれなくなって困っていましてね……。若頭が居場所をご存じないかと思いまして』

それはこっちが聞きたい。というか。

「どうしておまえが連絡をとる必要がある？」

『はぁ…、あたしがというか、実は今日の午後に、顧問の方からお電話いただきましてね』

「遙が？」

それは予想外だった。

狩屋がわずかに首をひねり、前嶋なども、思わず身を乗り出している。

『ええ、それがまた、妙なお問い合わせで』

「さっさと言えッ」

もったいぶった言い方に、イラッと柾鷹は吠えた。

『ハハ…、いや、それが、今警視庁管内で誘拐事件が発生しているのかどうか、確かめたかったようで』

「あぁ？」

ちらっと狩屋と視線を交わす。

『おかしな質問ですよねえ……』

「それで、誘拐事件は起こっているんですか？」

狩屋が淡々と口を挟んだ。

『いや、それがまったく。少なくとも警視庁の方では把握していないようですねえ。まったりしたもんでしたよ。ですから、どうして顧問がそんなことをお尋ねになったのか……、いえ、それよりも、顧問はあたしからの折り返しの電話を待ってらしたはずなんですが、なぜかまったくつながらなくなってましてねえ…。どうしたもんかと。そういえば、北澤という刑事がいるかというお尋ねもあったんですがね。そういう名前の刑事は一課におりませんし、もう何が何だか』

いかにもとぼけた言い方だったが、宇崎としてはとりあえず柾鷹にそれを伝えておけば、あとは何があっても自分の責任ではない、ということだだろう。逆に言えば、伝えずに遙の身に何かあれば、ぶっ殺されかねない、とわかっている。

「そうですか。では顧問と連絡がとれましたら、私の方からお伝えしておきましょう」

淡々とした狩屋の言葉に、よろしくお願いします、と、いかにもにやついた口調で宇崎が電話を切った。

——誘拐が起こってない？

さすがに意外な話だった。

いや、しかし知紘によると、間違いなく誘拐は発生している。つまり——。

「中路が通報していない、ってことか……？」

柾鷹は解せない顔のままうなった。

「いえ、それはおかしいですよ。顧問は、中路と一緒に刑事が来た、と知紘さんに言っていたようですから。通報はしているはずですが」

何かあせったように、前嶋がいくぶん早口に言う。

知紘との電話の中で、確かにそんなことを言っていた。

「つまり、遙さんも中路が通報したことを疑っていた、というわけですかね……？」

狩屋がなかば独り言のようにつぶやく。

そうだ。だからわざわざ問い合わせた。

「ああ、もうわかんねぇなっ。何がどうなってんだか」

考えることに疲れて、柾鷹はソファの上で低くうなりながら大きく伸びをした。

「遙さんが会ったのが北澤という刑事なら、そんな刑事は存在しない。何にせよ、中路の連れてきた刑事というのは本物ではない」

狩屋は変わらず冷静なまま、言葉を続ける。そしてふっと顔を上げて柾鷹を見た。

「狂言、ということでしょうか？」

「狂言誘拐？」

前嶋がハッとしたように繰り返す。

「なんでそんな……」

「中路に金はないですからね。身代金となれば、奥さんが金を出す。その金が目的なのでは？」

「するかぁ？　現役の議員が、いきなり狂言誘拐なんぞ……」

ソファの上で胡座《あぐら》をかいて、柾鷹が懐疑的にうなった。

「つーか、そんな度胸があんのか？」

「そこに峰岸が噛んでるのでは？」

狩屋が続けた。

「峰岸がそそのかしたって？」

「ええ」

「だが、そんな身代金の取り分程度で、峰岸がわざわざ危ない橋を渡るかねぇ…？」

ちょっと峰岸のキャラではない気がする。やるなら、もっと大きな利益を狙う男だ。

「危ない橋と言っても、狂言誘拐ですからね。警察を介入させず、なんなら、すべて中路の責任にできる。そして狂言誘拐に加担したとなると、一生、そのことで中路を強請《ゆす》れますからね。中路が大臣にでもなれば、いろいろと便宜を図ってもらえるでしょう」

「ああ……」

なるほど。

若干回りくどいし、今すぐ金になることではないが、筋は通る。

「じゃあ…、遙はそれに気づいて連れ去られたって？」

自分で言って、ゾクリと背筋が凍った。

トレーダーとして連れ去られたのであれば、生かして仕事をさせることが第一の目的になる。

だが単に峰岸の計画した狂言誘拐に巻きこまれ、その目撃者になったということであれば——

すぐに口を塞がれてもおかしくないのだ。

「遙さんが狂言だと気づいたかどうかはわかりませんが…、何かおかしいとは思われたんでしょう。そう、刑事としてきた男が峰岸の組の人間なら、遙さんなら気づいた可能性はありますからね」

「それは……、まずいな」

柾鷹は思わず唇を噛んだ。わずかに目をすがめる。

「まあ、遙さんですからね。峰岸もただ殺すには惜しいと思うでしょうが……」

狩屋がわずかに顔をしかめる。

が、それも確実なこととは言えない。身の安全を優先すれば、すぐに殺すことも考えるだろう。

柾鷹が動き出す前に、だ。

「オヤジさん……」

前嶋の声も緊張にかすれている。

「とにかく、遙の居場所だ。峰岸と…、それに中路を徹底的にマークするしかないな」

無意識に拳を握り、柾鷹は低く言った。

「奥さんは狂言だとは知らないわけでしょう? 身代金の受け渡しをするんじゃないでしょう

か？」

前嶋が口を開く。

「狂言なら、ダンナがそのまま金を持ち出せばいい。……そうだな。中路が峰岸と接触する可能性はある。受け渡しは何時だ？」

気持ちが急いて、ソファから立ち上がりながら、誰にともなく柾鷹は問いただしてしまう。

「わかりませんが、おそらくまだ自宅なのでは？　奥さんも身代金をそうすぐには用意できないでしょうから」

「一番近いのは誰だ？　すぐに中路の家を見張らせろ」

柾鷹の言葉に、狩屋が冷静に言った。

「いえ、あまりバタバタして、こちらの動きが峰岸に知れるとまずい。電話一本で指示が飛びかねません」

――抹殺指令の、だ。

「じゃあ、どうするッ!?」

たまらず、思わず声が高くなった。

「受け渡しの場所がわかれば、先回りできるかもしれません。ただ、遙さんがそこにいるかどうかはわかりませんから…、やはり峰岸組長の身柄を押さえる必要はありそうですね」

その怒号にもたじろがず、狩屋は淡々と言った。

だからこそ、頼りになる。

柾鷹は肩で大きく息をつく。

「とりあえず…、峰岸の立ち寄りそうなところで、遙を隠せそうな場所のリストアップと、あとは身代金の受け渡し場所だな？」

「ええ。峰岸と中路がそこで落ち合う可能性はありますから」

「美咲と連絡がとれれば…、美咲は知ってるのか？」

柾鷹は首をひねった。

「どうでしょうね」

そのへんは五分五分だ。

「……というより、これがまったくの見当外れで、峰岸の組長には何の関係もない、という可能性もありますが？」

狩屋がまっすぐに柾鷹を見つめて言った。

その場合、あとあと峰岸からどんなクレームが来るかわからない。愛人に逃げられてとち狂った間抜け、と嘲笑されるくらいではすまないはずで、結構な落とし前を求められるのは間違いない。――が。

「ま、そん時はそん時だな」

ニッ、と笑って、柾鷹はぽんと狩屋の肩をたたく。

いろいろと確認をとっている時間などないのだ。

「なんなら、峰岸の本家へカチこむ準備をしとけや」

そして振り返って前嶋に言った。

「どのみち、代行からの依頼の件を調べる必要もあるしな」

まあ、いきなり殴りこめ、と言われたわけではないが。

と、その時、いきなり鳴り響いた携帯の着信音に、三人同時に息を呑んだ。

手早く狩屋が確認する。

「生野からです。……知紘さんですね」

そう言って、スピーカーをオンにした。

『——父さんっ！』

瞬間、知紘の甲高い声が割れるようにかっ飛んでくる。

「よぉ…、ガキは見つかったのか？」

柾鷹は強いてのんびりとした口調で言った。

『え？ あ、里桜ちゃんは一応、見つかったけどっ。——それどこじゃないよっ！ これ、ただの誘拐事件じゃない！』

そんな言葉に、思わず狩屋と目が合う。

「あー、狂言誘拐だろ？ わかってるよ、その程度は」

まったく自分の推論ではないが、偉そうに柾鷹は返した。

『違うって！　狂言誘拐どころじゃないよ！　心中事件だよっ！』

「心中？」

しかし噛みつくように返ってきた言葉に、さすがに柾鷹はとまどった。

――誰が、誰と？

頭の中にいくつもクエスチョンマークが浮かぶ。

『とーさんっ！　いいから、今すぐ行ってっ！』

「どこに？」

知紘のあまりの興奮状態に毒気を抜かれるように、柾鷹は聞き返した。

『ああ、もうっ！　中路の別荘だよっ！　逗子《ずし》のっ。あっ、住所…、住所、送るからっ』

――中路の別荘？

『遙先生、殺されちゃうっ！』

10

「あー…、タワマンかぁ……」

タクシーを降りて、目の前にどどん、とそびえる高層ビルを見上げ、知紘は大きなため息をついた。

狩屋に追跡してもらった、自分の携帯のGPS座標だ。

ウォーターフロントで、大きな商業施設も隣接しているタワーマンション。上層階からの景色も抜群だろう。

しかしこれではどの部屋かまではわからない。誤差がなかったとしても、だ。

「知紘さん、あの車」

と、気づいたように、生野が声を上げる。

指さしたのは、外来用の駐車場らしい。

見覚えのある車がチラリと見えて、知紘は思わず走り出そうとしたが、生野に止められる。

そしてゆっくりと近づいて、まわりにも、車内にも人の姿がないのを確かめてから、そっと中をのぞきこんだ。

リアシートには里桜がすわっていたチャイルドシートもあり、幼稚園の制帽らしきものも置き去りにされ、どうやら間違いはないようだ。

「乗り捨ててるの？　こんなところに？」

知紘はちょっと首をひねった。

「里桜ちゃん、いませんね……」

「あのぬいぐるみもないね。持って行ったかな？」

まあ、小さな子供をおとなしくさせておこうと思えば、そのくらいの懐柔は必要だろう。

ということはやはり、このマンションのどこかの部屋に連れこまれた可能性が高い。

「えー、でも普通、人質を連れてきた隠れ家まで車に乗ってきて、そのまま置いとくぅ？　そのくらい警察だって追跡するでしょ」

一応、ぬいぐるみが捨てられてないか、ゴミステーションをチェックしながら、知紘は納得できないままにうなった。

「通報しないと思ってるのかもしれませんよ？」

「そんな楽天的な誘拐犯だったら、楽だけどさあ……」

なんだかいろいろと腑《ふ》に落ちないことが多いのだ。

家の前まで来て誘拐するのは危険性が高いと思うが、家政婦がガレージの扉を開ける瞬間を狙っていたのなら、かなり下調べはしているということだ。そのわりに、盗んだ車をそのままにしているというのは雑すぎる。

「なんか、わかんないなぁ……」

ぶつぶつとうなる知紘の横で、生野はおとなしく聞いている。

「中路のダンナの方に要求がいったんだって、なんでわざわざそっちにいくかな？　普通、すぐに言いなりになりそうな方にするでしょ」

「旦那さんの方が扱いやすいと思ったんじゃ？」

「ま、それはあるかもだけど。でも議員なんだから、身代金要求の電話なんかしたら、まわりにいっぱい人がいることだってあるじゃん？　秘書はともかく、他の議員とかさ。うっかりすると大騒ぎだよ？　奥さんが家にいることがわかってるんだったら、そっちにかける方がぜんぜん安全だよね。どうせ、金を用意するのも奥さんなんだし」

家の前で誘拐しておきながら、要求は家にいない旦那の方というのが意味不明だ。

「身代金要求の電話も相当早かったみたいだしね。あのタイミングなら、まだ逃げてる最中だよねえ？」

「確かに普通は、人質を隠れ家に連れこんでからだとは思いますけど」

生野もうなずく。

やっぱり、何かおかしい気がする。

うーん、と腕を組んで思わず考えこんでしまった。

まあもちろん、若い連中が短絡的な考えでやったという可能性もあるだろうが。

「……どうします？」

尋ねてきた生野に、知紘はちらっと真っ青な空を見上げて答えた。

「暑い。どっか入ろ」

さすがに一戸一戸しらみつぶしにあたる気力はなく、そもそもレジデンスの中へ入るのもちょっと難しそうだ。

隣接するショッピングパークへ向かうと、タワーレジデンスから一番近いカフェの大きな窓際へ、飲み物を買って陣取る。

「そもそもですけど……、タワマンに住んでるような人が誘拐とかするんでしょうか？」

コーラを喉に通してから、生野が思いついたように質問を投げた。

「うおぉっ、それな」

思わず知紘は声を上げる。

言われてみれば、まったくその通りだ。

まさかタワマンのローン代のために誘拐したわけではないだろう。

「お金が目的じゃないのかな？」

ちゅるー、とパイナップルジュースを吸い上げながら、知紘は額に皺を寄せた。

「まあ、国会議員なら、恨みを買っていることもあるかもしれませんけど」

「恨みねえ……」

しかしあの時の三人組を見る限り、恨みを抱いて、というほど粘着質な動機は感じなかった。

おそらく二十代のにーちゃんたちで、むしろ金で雇われたバイトみたいな雰囲気だ。詐欺の受け子といった感じだろうか。

中の一人は、誘拐なんかをやらかすには、ずいぶんと弱気そうだったし。

そういえば「兄貴」と呼んでいたあたりは、何気にヤクザっぽい。

「あ、朝木先生から電話です」

着信があったらしく、生野がポケットから携帯を取り出すと、そのまま知紘に渡した。

『家に帰った？　何か無茶してないよね？』

出た瞬間、遙のそんな心配そうな声が聞こえてくる。

知紘は愛想笑いでかわして、とりあえず現状を報告した。

「無茶はしてないから、大丈夫。それに、まだはっきりと居場所はわからないけど……、でも多分、里桜ちゃんの近くにいるみたい。乗ってた車もあったよ」

『えっ？　どういうこと？　どこにいるの？　何してるの？　警察も把握してるの？』

それに驚いたように、矢継ぎ早に遙の声が返ってくる。

そういえば、警察が付近を警戒しているような気配はない。

「今のところ、警察の姿はないけど。通報したの？」

『したようだね。刑事が二人、中路さんと一緒に自宅に来てる』

「ふぅん……。にしてはずいぶん、初動が遅いなあ」

そんなことを話しているうちに、どうやら遙は誰かに呼び止められたらしく、

『ああ…、とにかく柾鷹にはきちんと連絡を入れて。ごめん、またあとで電話するから』

と、いくぶん慌ただしく電話が切れる。

「どうしますか、これから？」

生野が尋ねてきた。

「警察に任せますか、それもアテにできない気がするんだよね…」

「うーん、それもアテにできない気がするんだよね…」

知紘は思わず眉を寄せた。

今の段階で、まだ車すら見つけられていないのはどういうわけだ？　とイラッとする。

職務怠慢なのか、無能なのか。

とはいえ、この千戸あまりの部屋から里桜が連れこまれた一室を見つけるのは、警察権力でもない限り、なかなかに難問だ。

と、一つ思い出して、知紘は手を差し出した。

「スマホ、貸して」

生野がポケットから出した携帯を渡してくれる。

人の携帯ではあるが、アドレス帳をスワイプして一つの番号を呼び出す。

『――生野？　なんだ、めずらしいな』

五回ほどのコールで出たのは、能上《のがみ》だった。能上智哉《ともちか》。知紘の、というか、知紘と生野の、瑞《みず》杜《もり》学園の同級生だ。

そして、雪村代議士の、愛人の息子である。

二カ月ほど前に、雪村やら、他の政治家やら、さらに峰岸というヤクザも絡まった、ちょっとしたイベントを一つクリアしたところだった。そういう意味では、知紘と生野と能上とでパーティーを組んでいた感じだ。……知紘が無理やり引っ張りこんだ形ではあったが。

能上も、当然のように夏休みで、都内へ帰省してきているはずだった。とはいえ、父と正妻のいる実家ではないだろう。

「残念。知紘だよーん」

明るく返すと、あぁ？　といくぶんげんなりした声が返った。心外だ。

「あ、先に言っとくけど、今、僕の携帯に電話を入れないで。着信音が鳴るとヤバいかもだから。連絡は生野の方によろしく」

『……何、やってんだ、おまえ？』

怪訝そうな、あきれたような声。

「ちょっと面倒な状況なんだよ」

『おまえはいつでも、面倒な状況に自分から首をつっこんでいくからな』

あっさりと返されて、正直、反論はできない。

ごまかすように咳払《せきばら》いしてから、知紘は言った。

「ちょっと情報が欲しいんだよ。中路について、何か知らない？」

『中路って？』

「中路明彦だよ。代議士の。能上のお父さんと同じ与党の。派閥は別だろうけど」

『知らねーよ。会ったこともねぇし。そもそもそいつ、親父とは政敵になるんじゃねぇの？』

まあ、そうだろうな、とは思う。が、それで引き下がれるところではない。

「お父さんは？　何か知ってるんじゃない？」

『親父とそんな話、するわけねぇだろ。俺の同級生の話もしたことねぇよ』

「話してよー。中路について、何でもいいから情報がいるんだってばー」

『バァカ』

あっさりとあしらわれる。

というか、知紘相手に「バカ」とか言うのは、能上くらいだ。それだけ、距離が近くなった、とも言える。

「あっ、秘書！　秘書だよ。政治家秘書っていろんなこと、知ってるでしょ？　他のセンセイの噂話とかもよく仕入れるよね？　誰か秘書をつかまえて、話を聞いてくれない？」

『あのなぁ……』

思いついて声を弾ませた知紘に、能上があきれたようなため息をもらす。

『まぁ、いいや。オヤジの秘書に聞くだけ聞いてみるよ』

「聞ける人がいるの？」

『今、俺とオヤジの間を行ったり来たりしてる秘書がいる。ま、わりと話せるヤツかな。仕事もできるし。この間の事件以来、オヤジも俺の様子をうかがってるみたいでな…。今は進路とかの問題もあるし、新しく部屋も借りてもらったし。わりと細かい面倒、見てもらってるから』

どうやら一人暮らしができるようになったらしい。

先日の件で、能上の父親も外の息子にいくぶん気を遣うようになった、ということだろう。

「よろしく。女の子の命がかかってるんだから」

『ハァ？』

意味がわからない、といった声だ。

当然だろうが、それにかまわず知紘は続けた。

「そういや、能上は今、ヒマなの？　こっち、来れない？」

そんな誘いに、能上は一瞬、口をつぐむ。そして、うかがうように尋ねてきた。

『……ヤバいのか？』

「ちょっとヤバい。でも手が足りなくなりそうな気もするんだよね」

『わかった』

思いのほか、あっさりと言われて、知紘は目を見張った。

「いいんだ？　ほんと、結構、ヤバいよ？　うっかりすると社会的に」

『まぁ…、ヒマだから』

受験生なのに。

そんな答えに、知紘はひっそりと笑う。

『政治家絡みなんだろ？　いいさ、何か問題になったら、またオヤジがあわてるだけだし』

あわてさせたい、というか、まあ、面倒になったところで、なのか。今の能上と父親との関係はなかなかに複雑で、さらに難しくなっているのだろう。

「それに、もしかしたらヤクザ絡みかもね」

『そりゃ、おまえが首をつっこむくらいだからな』

能上が低く笑う。

場所を聞いてから、一時間くらいかな、と言って、電話を切った。

「能上、来るんですか？」

生野が確認してくる。

「来るって」

答えた知紘に、ちょっと難しい顔をした。

「いいんですか？」

「ま、本人がいいみたいだから」

さらりと答えてから、知紘はツンツンと生野の胸をつっつく。

「なに？　妬ける？」

にやにやと尋ねたが。

「いえ…、それはないですけど」

あっさりと答えられて、ぷっと口を膨らませた。

「ちょっとは妬こうよ～」

まったく嫉妬されないのもおもしろくない。

「能上にはちゃんと釘を刺してますから」

しかし静かに言われて、知紘は思わず目をパチパチさせた。

「そうなの？」

「はい」

あたりまえのような答えに、知らず、ちょっと赤くなってしまった。

時々、生野には……なんというか、予想外に驚かされてしてまう。

ほんと、ドキッとするのだ。

と、ふいに思い出した。

「……あれ？　そういえば、遙先生からまだ電話、ない？」

「ないですね、本当にそういえば」

返していた携帯を、生野があらためて見る。

「不在着信もないですし。メッセージも入ってません」

「かけてみて」

「あ、はい」

生野が履歴から呼び出してコールしたようだが、少し待って眉を寄せた。

「つながりません。電源、切られてるみたいです」

「え、なんで？」

知紘は思わずつぶやいた。

そういえば、さっきの電話で、遙は誰かに呼び止められているみたいだったけど。

――電源が切られてる……？

「何か……、ヤバい気がするな。すごいやな予感」

知紘は無意識にうなじのあたりを撫でた。そのへんがチリチリする感じだ。

何かがおかしい。

誰かと重要な話をしているというだけかもしれないが、それでも電源を切るまではしないだろう。こっちも非常時なのだ。

「とりあえず、狩屋に連絡しといて。とーさん、騒ぎそうだけど」

はい、と生野が電話で今の状況を狩屋に報告する。

「アレだよね…、電源切れてても、リモートでオンにできるスパイウェアみたいなの、入れとかないとだよね」

真面目に言った知紘だったが、生野が苦笑いした。

「まあ、朝木先生のプライバシーの問題もありますから」

「あるわけないじゃん。ヤクザの姐さんに」

知紘はバッサリ言い切る。そしてちらっと生野を見上げて尋ねた。

「生野はやっぱり嫌？　そういうのが入ってると」

「え？　いえ、俺は別に。知紘さんとか若頭が入れた方がいいということでしたら。ただそういうのって、仕掛けた本人だけじゃなくて、第三者が乗っとることもできたりするんじゃないですか？」

「そうなの？」

「すみません、よくわかりませんけど」

「うーん、さすがにまずいか……」

知紘は額に皺を寄せる。

――と、その時だった。

一面のガラス窓の向こう、低木の木々ときれいに花を咲かせた植え込みを隔てた歩道を、三人の男たちがぶらぶらと歩いてきたのが見えた。ちょうどタワマンの方からだ。

知紘は思わず目を見張った。

「あれ……、まさか」

「似てますね……」

生野も目をすがめてうなずく。

が、生野はおそらく連中をはっきりと目撃したわけではない。知紘にしても、マスクにサングラス姿を目にしただけだ。

――しかし。

その他のキャップとジャージ、そしてTシャツは、まったくあの時と同じ、里桜を連れ去った時のままの格好だったのだ。

しかも、キャハハハ！　と先を行く二人はずいぶんとはしゃいで、愉快そうに笑い合っている。

「いや、マジ？　暢気《のんき》すぎない？」

知紘はぽっかりと口を開けてしまう。

「通報されているとはまったく思ってない感じですね」

生野もなかば感心したようにつぶやいた。

「いやいやいや…、緊張感なさすぎでしょ。アホでしょ」

そんなことを話している間に、彼らは知紘たちのいるカフェへ入ってきて、「すずしーっ」とバカっぽい歓声を上げながらカウンターに並んだ。

ただ二人は相当に機嫌がよく、陽気だったが、一番若そうな一人だけがひどく落ち着かない様子だ。

あの時——リアシートの方にすわった男だろう。

里桜を気にかけていたようだし、どうやらあの男は無理やり手伝わされているのか。

サングラスを外した顔を見ても、やはりそのへんにいる大学生のように見える。他の二人も、単にチャラいアホにしか見えないが。

その男が、他の二人に何か断って、ペコペコと頭を下げながら一人だけカウンターを離れた。

兄貴、とあの時呼んでいたから、やはり兄貴分なのだろう。

カフェの外へ出て、通路の左右を見まわしている様子からすると、どうやらトイレでも探しているらしい。

「ちょっと行ってくる」

スッ…、と知紘は席を立った。

「知紘さん？」

生野も立とうとしたが、知紘はそれをとどめる。

「生野はここにいて。あの二人を見張ってて。見つからないようにね。何なら動画でも撮っといてー。あとで証拠になるかも」

「でも――」

離れるのが心配なようだ。

「大丈夫。五分たって帰ってこなかったら、捜しにきて」

「……わかりました」

息を吸いこんで、生野がうなずく。

知紘が男のあとを追うようにしてレストルームへ入ると、その男は手洗い場の鏡の前でがっくりと肩を落としていた。

そして大きなため息をついて顔を上げ、目の前の鏡の中に知紘の姿を見つけて、あせったように振り返る。

「おまえ…、あの時の……？　えっ、どうしてっ？」

どうやら男も覚えていたらしい。さすがに驚いたように大きく目を見開く。

「四歳の女の子を誘拐しといて、どうしてもなにもないと思うけど？」

問いに対する答えにはなっていなかったが、知紘は冷たく突きつける。

「あ、あれは……！　誘拐って言っても、その、別に……」

「別に？　何？」

知紘は首をかしげた。

「あれは……、誘拐じゃなくて、ただちょっと……」

口の中で言葉を濁し、視線を漂わせる。

「そ。じゃ、いいよ。今から警察に連絡するから」

肩をすくめ、知紘はポケットに手を入れた。……そこに携帯はなかったけれど。

「ちょっ、待ってくれよ！　そんな、組長に殺されるっ」

あせったように叫んだ男に、知紘は目をすがめた。

「組長？　どこの組長？」

あっ、と気づいたように、男が唇を噛む。

「見たところ、あなたはやりたくてやってたようには見えなかったけど？　そりゃまあ、オヤジの命令は絶対だからね。仕方ないんだろうけど…、でも子供の誘拐は後味、悪すぎないかな？　だいたい、普通のヤクザは誘拐なんかしないけどね」

「……おまえ、誰だ？」

そんなふうに冷静に言った知紘を、男が探るように、薄気味悪そうにあらためて眺めてくる。

「国香《くにか》…、いや、千住知紘だよ」

あえて名乗った知紘に、男が大きく目を見張った。

「千住……？　え、千住って、千住組の？」

「跡目だよ」

男があえぐように大きく口を動かす。

「じゃ、じゃあ……あの、もしかして……、アレの……」

「もしかして？」

うながしたが、男は何か迷うように視線を漂わせる。

「ダ、ダメだ……。今、時間が……。もう行かないと」

そしてそわそわとあせり始めた。

確かに、兄貴たちを待たせているのだろう。あまり遅くなると不信を招く。

「じゃ、あとで一人でもどって来れる？　口実は作れるよね？　タバコを買いに、とか、アイスを買いに、とか？」

「わ、わかった……」

男がガクガクとうなずいて、あわててレストルームを出ようとする。

「あ、名前、教えて？」

その背中に声をかけた知紘に、振り返って「矢田《やだ》」とだけ答えると、男は急いで外へ出た。

少し間を置いてから、知紘ももとのカフェへもどる。生野があからさまにホッとした顔を見せた。

「どう？」

と尋ねた知紘に、生野が冷静に答えた。

「テイクアウトするみたいです」

なるほど、ドリンクの受け取り口あたりで、二人がバカ笑いしている。合流した男も、視線を漂わせて知紘の姿を確認し、しかしあわてて目を逸《そ》らせると、兄貴に合わせるように引きつった笑みを浮かべている。

彼らはでかいサイズの紙コップをいくつも受け取ると、もと来た方へ帰っていった。

「あとを追いますか?」

「ううん。どうせタワマン入ったら追えないし」

答えながらもじっと三人のあとを目で追うと、やはり隣のマンションのエントランスへ入っていくのが見える。

玄関先の暗証番号だか、キーだかも、持っているらしい。

「タワマンに住んでるようなガラじゃないですけどね…」

生野がつぶやく。

そう。もちろん、彼らが住んでいるわけではない。

「飲み物、五つ、買ってったんだよね」

つまり、中の住人に共犯者がいるということだ。

「あの中の一人、矢田ってやつだけど、何かしゃべってくれそう」

「そうなんですか？」

知紘の言葉に、驚いたように生野が視線を上げる。

「あの男だけ、ちょっと感じが違ったんだよね。誘拐してる時から。なんかあるんじゃないかなあ…。ああ、あとどこかの組が関わってるみたい」

「組？　まさか、ヤクザが誘拐ですか？」

生野が目を見張る。

「そこがどうもねー」

ちょっと噛み合わない。

知紘が二杯目にピーチジュースを飲んでいると、能上が先に姿を見せた。結構早い。

ラフなシャツにジーンズ姿だ。

すぐに知紘たちを見つけ、軽く手を上げる。

「ヒマだねぇ…」

にやりと言ったそんな知紘の挨拶に、「おたがいな」と、あっさり返される。

アイスコーヒーのカップを持って再びもどってきて、カウンターの知紘の横に腰を下ろした。

で？　とうながした知紘に、口を開く。

「一応、うちの秘書に聞いてみたよ。中路について。おまえらの知りたい内容がどんなことだかわからないけどな」

「なんでもいいよ。何が引っかかるかわからないし」

そう言った知紘に一つうなずいて、能上が軽く顎を振った。

「そこのタワマンに愛人が住んでるらしい」

「え!?」

いきなりの爆弾だ。

その効果に、能上がにやりとした。

「最近、誰かに紹介されたとかで、わりと入れこんでるみたいだな。若い美人らしいよ。中路の秘書が苦い顔してる、って」

「まーじでー……?」

知紘は思わず額を押さえて低くうなった。

「え、つまり……どういうことですか？　偶然？　じゃないですよね」

生野が少し混乱したように聞き返す。

「つまり、狂言誘拐ってことだよー」

ハァ、と知紘は深いため息をついて断定した。思いきり振りまわされた徒労感だ。

さっきの矢田が言っていた「誘拐と言っても別に」というわけだ。

「誘拐？」

初耳だった能上の方が、ちょっと表情を変える。

「中路の四歳の娘が誘拐されたんだよ。でもそうか…。愛人のとこに隠してるわけか。どうりで車も置きっぱなしなわけだ」

ようやくいろいろと腑に落ちてくる。

「じゃあやっぱり通報もしてないんですね？　朝木先生の言ってた刑事というのは……？」

生野が額に皺を寄せる。

「偽物だろうね。……そうか。で、どこぞの組が一枚嚙んでて、誘拐犯と刑事と、両方やってんだね」

「でも、どうしてそんな……？」

「そりゃ、金しかないよ。身代金？　奥さんが出すんだろうし」

「そう。ダンナの中路に金はない。奥さんが金持ちだから、選挙資金とかは出してもらってるようだが、さすがに愛人に貢ぐ金は出してくれないだろう」

能上が唇で笑って言った。

まったくその通りだ。

能上的には、自分の母親も政治家の愛人だったわけで、いろいろと思うところはあるはずだ。

「他に何か情報、ある？」

能上に向き直って尋ねた。

「中路とかいう男の人物像かな。秘書から見た、だが。昔はそれなりに理想があってとがっていたようだが、今はトゲも抜け落ちて、長いものに巻かれてる感じらしい。小久保とは同じ派閥で、小久保が例の失態のせいか、大臣レースから後退したおかげで、いきなりチャンスがまわってきたようだな。とはいえ、ボーダーだろうが」

ふぅん、と知紘はカウンターに肘をついて顎を乗せる。

「じゃあ、中路の後ろについてるヤクザって峰岸かもね」

「小久保から乗り換えた、ってことですか？」

生野が確認する。

「そう」

せっかく政界のあのあたりに食いこんでいるのなら、あの一度の失敗でケツをまくるのも惜しいと思うだろう。幸い峰岸の名前は表に出ていないし、あそこに行くまでには、なかなかの苦労と金もつぎこんだはずだ。

へぇ、と能上がつぶやく。そしてコーヒーを一口飲んでから続けた。

「あと、中路は奥さんとは離婚の危機らしい。今、離婚されると、政治生命、っていうか、政治活動に支障が出るんじゃないか、って話だけど」

「ああ…、なるほど。だから狂言誘拐に走ったわけか」

アホだなー、とは思うが。

「峰岸にそそのかされたんでしょうか？」

「そうだねえ…。普通、政治家がいきなり狂言誘拐は考えないだろうからねえ…」

生野の言葉に、思わず苦笑いする。

だいたい全体の構図は見えた、と思った。

ただちょっと引っかかるとすれば――。

「峰岸のメリットが薄い気がするんだよねえ…。労力のわりには」

無意識にこめかみのあたりを掻く。

「ああ…、確かに」

生野もうなずいた。

身代金の分け前をもらうにしても、たかが知れている。

「まあでも、中長期的に見れば悪くないのかもねー。狂言誘拐の件で決定的な弱みを握ったわけだから、この先延々と中路を脅せるよ」

にやりと笑った知紘の言葉に、ああ…、と生野と能上のもらした声がハモる。

「すごいな。やっぱりそこまで考えるのか…」

能上がつぶやくように言う。

「――あ、来た」

と、知紘はカフェの入り口に投げた視線で、矢田の姿を見つけた。

用心するみたいにあたりを見まわしながらも、こっちへやってくる。

いくぶん怯《おび》えるように他の二人を見ながら、ペコリと頭を下げた。

「奥へ移ろ。ここはちょっと目立つからね」

そんな言葉で席を立ち、一番奥のテーブル席へと移動する。

矢田は窓や入り口に背を向ける位置で、知紘がその向かい。矢田の隣に能上がすわり、生野は知紘の横で、窓や入り口を確認できるようにする。

生野が矢田の飲み物を買ってきて、本格的に話す体勢に入った。

「これって、狂言誘拐だよね？」

ズバリと言った知紘に、矢田がえっ、と声を上げて目を見開いた。

「ど、どうしてそれが……？」

「裏にいるのって、峰岸の組長？」

さらに続けると、矢田が大きく口を開ける。そしてがっくりとうなずいた。

「そ、そうっす……。あの、やっぱり千住が動いてるのって、神代会の指示ですか？」

しかしそんなふうに聞かれて、思わず生野と顔を合わせてしまった。

「まあ、そうだよね。……初めから整理して話してくれる？」

知紘はさりげなく受け止めてうながした。

「は、はい。あの……」

どこから話していいのか迷うように男が首を動かしていたが、やがて口を開いた。

「あの、俺、横井《よこい》さんに……、オヤジの金庫番してた横井さんにすげぇ、可愛《かわい》がってもらってて。同郷だったせいか、弟みたいに面倒みてくれてて」

知紘たちにはまったく意味不明な、そんなところから始まったが、とりあえず口は挟まずにおとなしく聞く。

「でも横井さん…、先月、殺されて」

しかしポツリと続いた言葉に、さすがに目を見張った。

「多分、オヤジに口封じ、されたんです」

矢田がギュッと両方の拳を膝の上で握りしめる。

「あ…、東京湾に浮いてた死体？」

思い出したように生野が言うと、矢田が小さくうなずく。

「うちのオヤジ…、ここ一、二年、投資に手を出してるんですけど、ここんとこ、大きな失敗が続いたみたいで」

「いくら損失出してんの？」

「はっきりとはわかんないですけど…、十億とか二十億とか……？　もっとかも」

「うーわ」

知紘は思わず肩をすくめる。

そこへ行く前にやめりゃいいのに、と思うが、それができないところがギャンブルなのだろう。

「それで…、手元の金が足りなくなって。オヤジ、神代会の金に手をつけたみたいで」

「マジ……!?」

思わず知紘は声を上げていた。

キャーッ、とムンクの叫びのようなポーズになってしまう。

それはヤバい。ヤバいどころではなく、マジヤバい。オニヤバい。

「投資の元手ってことで、その、神代会から抜いたのは、多分、総額で何千万くらいみたいですけど」

「いや、そっちは金額の問題じゃないからね」

メンツの問題で、恥の問題だ。

そりゃ、バレたら指どころか首が飛ぶ。もちろん、見せしめの意味もこめて。それこそ間違いなく、東京湾に浮かぶ。

「横井さん……、その帳簿をつけてたみたいで。表と裏と両方の。しばらく前から俺に、冗談みたいに言ってたんすよ。もしかしたら俺は消されるかもしれないな、って。でもほんとに死んじゃって。身元不明のまま、葬式もできないってひどくないですかっ? だから俺、神代会の会長……、代行? に手紙、出したんすよ……!」

吐き出すように矢田が言った。

「手紙……」

とは、また古風な。

だがまあ、怪文書が飛び交うのは、今もよくあることではある。受け取った代行がどう解釈したのかはわからないが、どうやら矢田は、それと結びつけて千住の人間が調べにきた、と思ったようだ。

「じゃあやっぱり…、峰岸は金に困って今回の偽装誘拐を仕組んだってことですか?」

「まあ、そうだよね」

身も蓋もない感じに総括した生野に、知紘もうなずく。そして、思い出して確認した。

「そうだ。ええと…、里桜ちゃんはその中路の愛人の部屋にいるんだよね? 別に命の危険はないってこと?」

「あ…、はい。子供の方はぜんぜん大丈夫です。中路のっていうか、うちのオヤジの姐さんですけど」

「あ、そうなの?」

「え…、中路の愛人と、その、峰岸の愛人が同じマンションに住んでるってことか?」

能上がちょっと首をひねる。

「じゃなくて、アレだよ。峰岸が自分の愛人を中路に近づけたんだよー。ハニートラップ? それで中路を操れる下地ができるでしょ」

パタパタと手を振ってあっさりと言った知紘に、そうか…、とちょっと遠い目で能上がため息をつく。

「この先の予定ってどうなってるの？　中路が身代金をここに運んできて、そのまま里桜ちゃんを連れて帰るのかな？」

だったらとりあえず、里桜の安全について心配する必要はない。まあ、自分の携帯を回収する必要はあるが。

「あ、いえ、身代金は奥さんにどこかへ運ばせるようですけど。その間に、中路が迎えにくるって聞いてます」

「奥さん？　なんで？　狂言なら、中路が運び出せばいいだけでしょ？」

知紘はわずかに眉を寄せた。

そんなことをすれば、美咲によけいな疑いを抱かせるだけだ。犯人と接触することにもなるし、まったく意味がない。

「そ、そう……すよね？　でも多分、オヤジさん、何か考えがあるみたいで。西田《にしだ》の兄貴と話してるのがちらっと聞こえただけっすけど」

矢田も頭をひねりながら、おどおど口にする。

「ええと…、『別荘だ。最後の仕上げをしなくちゃな。千住も驚くだろうぜ』っておもしろそうに笑ってたんすよ。だから千住に何か仕掛けんのかな、……って」

上目遣いに、うかがうように知紘を眺めてくる。

それでよけいに、神代会から千住が派遣されたと思ったようだ。

しかし――。

「最後の仕上げ……？」

知紘は無意識につぶやいた。

どういう意味だろう？

千住も――つまり、父さんも、驚く……？

というと、やはり遙先生のことになりそうではあるけど。

「……って、さっき、子供の方は、って言った？　他に誰かいるの？」

ふと思い出して顔を上げると、ちょっと引っかかったところを知紘は聞き直した。

「あ、えーと…、俺はよくわかんないんですけど……。中路の方についてる兄貴たちに、誰か拉致るように指示が出たみたいで」

「誰かって？」

嫌な予感を覚えながら、知紘は息を詰めて尋ねる。

「名前は、俺……。ええと、中路の奥さんが最近知り合った男で、ファイナンシャル・アドバイザーとかの？」

思わず、生野と視線がぶつかった。

「今日の夜とか、奥さんの名前で呼び出して、隙を見て拉致る予定だったんすけど、あの日、中路の家にいたから、そのまま兄貴たちがさらって運んだって」

「知紘さん……！」

とたんに生野の顔色が変わった。

「ちょっと待って……」

知紘は胸の動悸を落ち着けるように、両方の指でこめかみをきつく押さえる。

——遙先生を、拉致した……？

本来、誘拐とも、中路ともまったく関係ないのに。

もちろん、柾鷹に対する嫌がらせとか、意趣返しとか、そんな理由もあるかもしれないが、それはちょっとリスクが高すぎる。そんなことを柾鷹が知ったら、一家総出で殴りこみだ。間違いなく組は潰れる。

つまり、自分がやったとは思わせないようにうまく処理するつもりだ、ということだろう。

そして峰岸としては、とにかく今は金が欲しい。端金ではなく、億単位の大金が。

美咲に身代金を運ばせる理由——。

「ちょっと……、これは思ってた以上にヤバいかも」

クーラーの効いた涼しい店内だったが、知紘はじっとりと背中に汗がにじむ気がした。

「別荘……？　別荘ってどこ⁉　誰の別荘っ？」

そしてハッと、隣の生野の襟首をつかむ勢いで尋ねた。

「え、峰岸組長の、ですか？」

生野がとまどったように聞き返す。

「違う……、それじゃダメだよ！　中路の…、中路の別荘！　それか奥さんの別荘！」

その剣幕に、まっすぐに目を向けられた矢田も、ぶるる、と首を振る。

「能上！　誰かに聞いて！　中路の秘書とか…、知ってそうなのに、片っ端から！」

「えっ？　いや……、えっ？　中路の秘書って……」

能上も混乱したように口ごもる。

「誰でもいいから、中路の別荘！　なるべく都内から近くの！」

「ああ…、ええと、聞いてみる」

それでも急いで能上が携帯を取り出した。

理由はわからないままに、緊急性があることだけは察したのだろう。片耳を塞ぎ、わずかに身をかがめるようにして相手と話している。

「――あ、もしもし？　俺。また悪いんだけど、ちょっと急いで知りたいことがあって。――うん。中路の別荘がある場所って知らないか？　――そう、知ってそうなヤツに聞いてもらえないかな？　急いでるんだよ。……多分、人の命がかかってる」

ちらっと知紘の顔を確かめながらしゃべる能上に、知紘は何度もうなずいた。

「――あ、うん。……いや、このまま切らずに待ってるから、急いで頼む」

いったん顔だけこちらに向けて、能上が言った。

「党の緊急連絡先のリストに載ってるかも、って」

ああ…、と知紘はうなずく。そして生野に向き直った。

「父さんに電話して。あっ、狩屋に」

「はい」

生野も手早く携帯を操作すると、コール音の鳴っている携帯を知紘に渡してくれる。

「——父さんっ！」

そして相手が出た瞬間、勢いこんだ知紘に、ガキは見つかったのか？　とのんびりした柾鷹の声が聞こえてくる。

「え？　あ、里桜ちゃんは一応、見つかったけどっ。——それどこじゃないよっ！　これ、ただの誘拐事件じゃない！」

『あー、狂言誘拐だろ？　わかってるよ、その程度は』

もどかしく叫んだ知紘に、柾鷹があたりまえみたいに返してくる。

どういう筋道をたどったのか、どうやらそのへんは察しをつけていたらしい。……もちろん狩屋が、だろうが。

「違うって！　狂言誘拐どころじゃないよ！　心中事件だよっ！」

しかしかぶせるように叫んだ知紘に、さすがに柾鷹が怪訝そうに繰り返した。

『心中？』

「心中？」

携帯の中の声と、隣の生野の声が重なる。

と、向かいから能上のわずかに弾んだ声が聞こえてきた。

「──あ、マジ？　わかった？　逗子？　住所、メッセージで入れてもらえるか？　──ああ、助かった。サンキュー」

しゃべりながらこちらを向いて、にっ、と笑ってみせる。めずらしく親指を突き上げてくる。

「とーさんっ！　いいから、今すぐ行ってっ！」

『どこに？』

と、間の抜けた声に、イラッとする。

「ああ、もうっ！　中路の別荘だよっ！　逗子のっ。あっ、住所…、住所、送るからっ」

本家にいるのなら、そっちからの方がぜんぜん近い。むしろ、都内じゃなくてよかった。

「遙先生、殺されちゃうっ！」

それだけ叫んで電話を切ると、お願い、と生野に渡す。

能上が生野の携帯に転送した住所を、生野がそのまま狩屋に再度転送した。

「あの、どういうことですか？　心中って？」

そしてようやく一息ついて、生野が聞いてくる。

「それより、中路が里桜ちゃん、迎えにくるのって何時？」

知紘は矢田に向き直ってぴしりと尋ねた。

話の進行にちょっと呆然としていた男が、それでも我に返ったように答える。

「ええと、九時の予定っす。今日の夜の」

「じゃ、それがだいたい身代金、受け渡しの時間ってことだよね。だったら…、……ああ、なんとか間に合うかな」

知紘は生野がテーブルに置いていた携帯で時刻を確かめ、ホッと息をついた。

——大丈夫。まだ殺されてはいないはず。先に殺されることはない……。

なかば自分に言い聞かせるように、知紘は心の中でつぶやく。

「どうしよ。こっちはその時にケリをつけるか、それまでにケリをつけるかだけど……」

独り言のように口にした知紘を、他の男たちがじっと眺めてくる。

「まあ、あんまり早く動いて、こっちの動きが峰岸にバレてもまずいか。中路がのこのこ来るのを待ってもいいかもね」

一人で結論づけると、ぽかんと口を開けたままの矢田に言った。

「とりあえず、あなたはいったん女の部屋にもどってて。で、里桜ちゃんが持ってるわんこのぬいぐるみから、僕の携帯、取り出しといて。それで連絡、とれるから。何かあったら、それで生野にかけて。履歴のトップにあるよ」

そう言った知紘に、生野が横から静かに訂正を挟んだ。

「多分、履歴には入ってないと思いますよ。知紘さんが俺に連絡する必要って、ほとんどないでしょう」

いつもすぐそばにいるから。

「あ、そっか」

知紘は隣を見上げて、にっこりと笑った。

11

——大丈夫だ。問題ない。

そんな柾鷹の声が聞こえたような気がした。

落ち着いて、やわらかく、ちょっと笑うような。

——そばにいる。

そんな言葉と、優しく頬に触れる指。そして唇に触れた熱と。

そのせいか、気がついた時、遙はパニックになるようなこともなかった。

……拉致られ慣れているから、と言ってしまうと、まったく身も蓋もないが。

意識を取りもどして、最初に視界に入ったのは壁の鏡だった。大きめの、ヨーロッパアンティークのような意匠を凝らした造りだ。わずかにくすんだフレームの雰囲気も風合いを感じさせる。

どうやら、ソファに横向きに寝ているらしい、とようやく気づいた。

広いリビングで、一角には大きな暖炉もある。大きな窓の向こうは、今は闇に沈んでいるが、もしかして海——だろうか。ポツリポツリと、遠くに淡い明かりが見えるだけだ。

都内とは思えない静けさと、空間の広がりだった。

見覚えのない場所で、どこだ？　とぼんやりと考える。

確か、美咲の家を出たところで刑事に呼び止められ、そして――。

「おや、気がつきましたか」

ふいに耳に届いた男の声に、遙はゆっくりと重い身体を引き起こし、ソファにすわり直した。

少しズキリとする頭を押さえ、声の方に向き直ると、スーツ姿の男が立っている。

五十代前半で、言葉遣いや物腰は穏やかだったが……やはり特有の匂い、というのか。

ヤクザだろう。

今さら、というところで、やっぱり、というしかない。むしろ、自分をこんなふうに拉致するのがヤクザ以外にいたとしたら、さすがにちょっと自分の人生を見つめ直さないといけない。

「星一つですね」

ポツリとそんなことをつぶやいた遙に、男が、え？　という顔をする。

「これまでの個人的拉致評価ですよ。粗雑でスマートさに欠ける。スタンガンとはね…。でもこの場所はよさそうだ。あなたの別荘ですか？」

とぼけるように言った遙に、ぶっ、と一瞬、後ろから笑いを嚙み殺すような声が聞こえ、あわてて抑えたらしい。

やはり別荘だからか、さほど明かりは多くなく、ムーディーな感じだ。昼間は窓からいっぱいに日射しが差しこむのだろう。

そのせいか、気がつかなかったが、どうやら室内には他に数人がいたようだ。ドアの脇とか、壁際とか、みんな隅の方で直立不動の体勢だった。この男の子分というわけだろう。

「ハハ…、さすがだな。千住の姐さんは。この状況で腹が据わってらっしゃる」

男は低く笑ってみせたが、その声にはいらだちがにじみ、目も笑っていない。

「さすがはお歴々の集まる中で足を開くだけのことはありますな」

嘲笑か、嫌がらせか、男が唇で笑うように言った。

いつかの例会でのことだろう。

遙はわずかに眉を寄せる。

「あそこにいたんですか？　だったら、神代会の組長さんなんですね。お名前をおうかがいしても？」

神代会と敵対する一永会とか、他のヤクザ団体ではないわけだ。

「これは申し遅れました。峰岸という者ですよ」

冷ややかに尋ねた遙に、男が名乗った。

「峰岸……組長ですか」

いわば身内で、当然ながら、あからさまな裏切り行為、敵対行為になる。というか、神代会の人間なら、そろそろ理解してもいいはずだ。

「何が目的ですか？　俺は別に千住のために投資をしているわけじゃないので、他でやるつもりはないですよ？」

今まで遙にちょっかいをかけてきた連中は、たいていそれが狙いだ。

きっぱりと言った遙に、ああ…、と大げさに男が天を仰ぐ。

「いや、実のところ、朝木さん。あなたのことは喉から手が出るほど欲しい。何人か投資家という連中を雇ってみたのですが、どいつもこいつもろくな仕事をしませんでね。おかげで大きな損害が出た。だが残念ながら、あなたを生かしておくことはできんのですよ……」

派手に嘆いてみせてから、にやりと笑って遙を見た。その目が酷薄に光っている。

さすがに遙も息を呑んだ。

死にそうな目にも遭ったことはあるが、しかし初めから殺すことを前提で拉致されたのは、もしかしたら初めてかもしれない。

「千住と全面戦争するつもりですか？」

それでもかすれそうになる声をなんとか抑え、静かに遙は言った。

「まさか。私はそんなヘマはしない」

ハッハハッ、と峰岸が愉快そうに肩を揺する。

「千住の組長があなたを捜し始める頃には、すべてが終わってますよ」

相当、計画に自信があるようだ。

「あんまりあの男を甘く見ない方がいいと思いますけどね。犬並みの嗅覚ですよ。特に俺に関しては」

「ほう？　それはなかなかすごそうだが…、どうやって追ってくるのかな？　あなたを欲しがっている組はいくらでもあるし、中路の家からの帰り道に拉致されたからといって、中路を疑う理由はない」

「誘拐事件が起きてるのに？　……というか、あれもあなたが？」

ハッとようやく、遙は気づく。

そうだ。あの刑事も峰岸の舎弟か何かだろう。

「誘拐事件？　起きてませんよ、そんなものは」

いかにもとぼけるように言って、峰岸が微笑んだ。

「何も起きてないんですよ、事件なんて。ただあなたが消えただけだ。……いや、むしろこれから起きるのかな？　楽しみですよ。明日の朝にでも事件が発覚して、日本中が大騒ぎになる。神代会もね」

にやにやといかにも楽しげな男に様子に、さすがに遙も不気味な気持ちで落ち着かなくなる。

いったい何をする気なんだろう？　ただ殺して埋めるくらいではすまなさそうだ。

「確かに、千住もすでにあなたを捜しているかもしれない。なにしろ大事な姐さんでしょうからねえ。でも手がかりがなければ、追ってはこれないでしょう？　あなたの携帯も、すでに処分しましたしね」

遙はちょっと眉を寄せた。

「マジですか……。勘弁してください。またアプリから入れ直さないと。クラウドにデータが残ってたかな？」

「そんな心配をしてる場合じゃないと思いますけどね」

大きなため息をついた遙に、イラッとしたように峰岸がうなった。

むしろ遙にはもう必要ないものだ、ということだ。

「じゃあ、どんな心配をすればいいんです？　この状況で」

肩をすくめて返し、あ、と続けた。

「……ああ、思いついた。あなたの心配かな」

「私の？」

峰岸の目が探るように遙を見る。

「このあと、あなたがどんな目に遭わされるのか、ちょっと心配になりますよ」

まっすぐに男を見て言った遙に、峰岸がカッと目を見開く。

大股で遙に近づくと、胸倉をつかみ上げた。

「強がるのもいいかげんにするんだな……！　待ってても誰も来ねぇし、おまえはここで死ぬ。明日、千住が吠え面をかくのをあんたに見せてやれないのが残念だよっ！」

唾が飛ぶほどの顔の前で、キレたように男がわめく。

息苦しく、わずかに腰が浮いていたが、遙は小さく笑ってみせた。

「別に…、いいですよ。今さら見なくても。柾鷹の吠え面くらい、何度も見てるんでね。俺にとってはめずらしいもんじゃない」

「アァッ？」

峰岸が獰猛《どうもう》に声を上げた時だった。

「あっ、組長……！　到着したみたいです」

ドアのところに立っていた大柄なスキンヘッドの男が、少しあわてたように声をかけた。

あ？　と峰岸がそちらを振り向き、舌打ちして遙を突き放す。

ソファへ投げ出され、遙は深く息をついた。

そして注意して耳を澄ますと、確かに下の方で物音が聞こえてくる。

大きく玄関扉の開く音。バタバタと階段を上がってくる、乱れた足音。

そしてまもなく、バン！　と音を立ててリビングのドアが開いた。

「——里桜を誘拐したのはあなた!?　里桜はどこ!?　どうしてうちの別荘にいるのっ？」

飛びこんでくるなり、立っていた峰岸に向かって女が叫んだ。美咲だ。

「おいっ、待て！　美咲っ！」

そしてそのすぐあとから、片手に大きなボストンバッグを提げた中路が、肩で息を切りながら入ってくる。

峰岸を見ていくぶん苦い顔をし、不機嫌な様子でバッグを床へ投げ出した。

「おやおや…、中路先生。先生までついてきたんですか？」

峰岸があきれた調子で言って肩をすくめた。

「り、里桜はどこだ!?」

隣の美咲にちらっと目をやり、その言葉をさえぎるように、中路が声を張り上げる。

「これはまた、白々しいことですな」

峰岸が鼻で笑う。そして美咲に向き直って言った。

「お嬢さんはここにはいませんよ。ああ、安心してください。安全なところにいます。中路先生の愛人の家にね。すぐにお返ししますから。……本当なら中路先生が迎えに行かれる予定だったんですがねえ。こんなところまでのこのこといらっしゃるとは」

峰岸が首を振る。

ようやく遙にも状況が飲みこめた。

つまり、中路による狂言誘拐だったのだ。峰岸がそれに協力している。……まあ、どちらが主導かはわからないが。

「愛人の……？　あなた、どういうこと？」

さすがに美咲もおおよそ理解したのだろう。冷ややかな声で夫を問い詰める。

「どういうつもりだっ、峰岸！　わざわざ美咲に金を運ばせる必要はないだろう⁉　俺の金になるんだ！」

被害者の顔をかなぐり捨て、地団駄踏むように中路がわめいた。

「いや、実は、その程度の金はどうでもいいんですよ。むしろ、どうしても奥さんにここに来てもらう必要がありましてねえ」

かまわず、のんびりと言った峰岸に、中路が混乱したようにトーンを変えた。

「なっ、どういう意味だ……？」

「私も先生のためにいろいろと知恵を絞りましてね。身代金もいいですが、保険金ならもっといいんじゃないかって」

中路をちらりと見て、峰岸がにやっと笑う。

「ほ、保険金……？」

ぽかんとした中路の顔。

「しかも遺産まで手に入る」

「遺産……⁉」

さらりと続けた峰岸に、中路が目を剝《む》いた。

「あなた……、私を殺す気だったの？」

さすがに美咲が信じられないように夫を見つめる。

「ち、違う！　まさかそんなこと……！」

中路があわてて首を振った。顔色も真っ青に変わっている。

おそらくそれは、峰岸の考えなのだろう。これほど小心では、中路がそんな計画を立てられると思えない。

つまり、いいように利用されたわけだ。

隙が多すぎたな…、と遙はほんの少し、同情する。峰岸のような男は、それにつけこむのがうまい。

「おかしいですねえ…、私には先生の声がはっきりと聞こえましたよ？　妻には死んでもらって、保険金と財産を手に入れたい、って」

喉で笑うように峰岸がうそぶく。

「ふ、ふざけるなっ！」

真っ赤になって中路が叫んだ。

「寝物語に有香《ゆうか》に言ったことはなかったですかね？　妻が死んだら金も手に入るし、おまえと再婚してもいい、とか？」

せせら笑うような峰岸の言葉に、中路があっと声を失う。

「そ、そんな……、あれはただの……！」

ただの愛人へのリップサービスのようなものなのだろう。

「アレ、録音してあるんですよ。立派な殺人動機ですよねえ、先生」

「そんな……」

ガクガクと震え始めた中路が、そのまま崩れるように床へ膝をつく。

「ここまで来たら腹をくくって実行しないと。奥さんに生きて帰られると、先生は誘拐犯の上に、殺人未遂犯ですよ？ 覚悟を決めましょうよ、先生」

峰岸の、優しげで、恐ろしい誘い。

「そんな……、そんな、み、美咲が死んだら……、お、俺が殺したって……すぐにバレるだろう……！」

荒い息をつきながら、中路が視線を泳がせるようにしてうめく。

「あなた……」

すでに殺すことを前提にしているような言葉に、美咲が呆然とつぶやいた。

恐怖とか、あきれるとかではなく、ただ、そう…、やはり、失望、というしかない。あるいは、哀れみに近い表情だ。

「そこですよ。ですから、奥さんには心中してもらうんです。この男とね」

高らかと言った峰岸の言葉に、ようやくその視線の先に遙の姿を見つけ、美咲があっ、と声を上げた。

「朝木さん!? どうして……？」

かまわず峰岸が続けた。

「ま、寝取られ男のレッテルが貼られるかもしれませんが、きっと有権者には同情してもらえますよ、先生。なにより、奥さんの財産がすべて、先生のものになるわけですからねえ。土地も、会社も、現金も」

ことさら数え上げた峰岸に、中路はビクッと肩を震わせた。しかし返事はせず、ただあえぐように息をしながら、床にすわりこんだまま固まっている。

その姿をさげすむように一瞥し、峰岸がゆっくりと遙に近づいてきた。

わずかに身をかがめ、遙の顔をのぞきこんで、にやりと笑う。

「ただ俺としては、むしろ千住のみじめな負け犬のツラを拝みたくてね。例会でもあれだけ大口でかました自分の『男』が、女と心中したとなりゃ、千住もいい笑いモンだからなァ…。みんな、腹抱えて笑い転げるだろうぜ。恥ずかしくて当分は例会にも顔出しできねぇ。当然、そんなマヌケに幹部の椅子がまわってくるはずもない。あれだけでかいツラをしてた男が、どれだけ情けねえ姿で落ちぶれていくのか、見るのが楽しみでなァ」

峰岸の哄笑《こうしょう》が広いリビングに響き渡る。

……なるほど。それが自分を巻きこんだ狙いなのか、と、ようやく遙も納得した。

確かに「心中」で片がつけば、警察もそれ以上は追わない。柾鷹自身は、そんなことを信じるとは思えないが、それでも神代会の中ではやはり、メンツを潰されることになる。ヤクザの世界では致命的なのだろう。

――と。

「あくどいなァ…」

ふいにポツリと、そんな声がリビングに落ちた。

一瞬、どこからかわからず、あ？　と峰岸が怪訝そうに視線を漂わせる。

幻聴だったかも？　と疑うくらいに小さく低い、しかし誰の耳にもしっかりと届く声だ。

「それで一生、センセイから金を搾り取るつもりなわけだ。せっかく手に入れた奥さんの保険金と遺産、あとは会社もかな？　この悪党に根こそぎ持ってかれるぞー？」

そして続けて愉快そうな声が、今度ははっきりと遙の背後から聞こえてくる。

「なんだ、てめぇは……？　口の利き方に気をつけろッ！」

峰岸が気色ばんでその男をにらみつける。

男は気にした様子もなくゆったりと足を踏み出し、陰になっていた壁際からリビングの中央へ姿を見せた。

ボタンをすべて外しただらしのないスーツ姿で、黒のマスク。そして薄く色の入った眼鏡。

そのマスクを外して無造作に放り投げ、眼鏡もとって足元へ落とす。

「なかなかおもしろそうな計画を立ててくれるじゃねぇか、峰岸の？」

柾鷹が落ちていた前髪を指先でちょいちょいと上げて整えながら、いかにもからかうような調子で言った。

「ま、残念ながら、付き合ってやるほどヒマじゃねぇけどなァ」

そしてニッと、峰岸に極悪な笑みを向ける。

峰岸が顎を落とすほど大きく口を開け、驚愕に目を見開いた。

しばらくはあえぐばかりで声が出なかったくらいだ。

「なっ…、ど、どうしておまえが……」

ようやくかすれた声を絞り出す。

美咲が一瞬、息を吸いこみ、とっさに口元を片手で覆う。

「俺としちゃ、うちの可愛いのを勝手に心中させられてもなー。ちっとばかし、夜の生活に困るわけさ。——いで……ッ！」

のんびりと言いながらふらりとソファに近づいた柾鷹が、すわっていた遙の肩に馴れ馴れしく腕をまわしてくる。

その手の甲を、遙は思いきりひねり上げた。

「おまえ…、どうして……ここが……？」

そんなご愛嬌《あいきょう》に笑う余裕もないのだろう。峰岸が数歩後退《あとずさ》りながら、かすれた声でつぶやく。

「遙が言ってたろ？　俺は鼻が利くんだよ。こいつに関しては特にな」

自慢げに柾鷹は言ったが、多分ポイントは知紘だな、と遙は内心で考える。

おそらく峰岸にとって、知紘があの場にいたことが、唯一の計算外だったはずだ。

「ま、てめぇにとっちゃ、いろんな負債を一気に片付けられる一発逆転の秘策だったのかもしれねぇけどなァ…。遙を巻きこんだのだけ、失敗だったな。俺をハメようなんて、妙な色気を出さなきゃ、金は手に入ったかもしれねぇのに」

肩をすくめてあっさりと柾鷹は言ったが、つまりその場合、美咲は死んでいる、ということだ。

あまり、よい忠告とは言えない。

「奥さんと…、話してるのを見かけて……、使えると思ったんだがな……」

峰岸が奥歯を噛みしめるように言葉をもらす。

「甘いなァ…。遙は普通の男に扱えるタマじゃねーんだよなー」

にやにやとなぜかうれしそうに言いながら、柾鷹がどさりと遙の隣に腰を下ろした。

「アンアン悦ばせてやるにも、長年の経験とコツが……あー…、いや」

調子に乗る男を、ぎろっと横目ににらむと、柾鷹が急いで口をつぐんで頭を掻いた。

「ま、ちょうどいいか。今からおまえんとこの本家と事務所にカチコミかければ、おまえが神代会の金に手ぇつけてる証拠の一つも見つかるだろ」

背もたれに深く身体を預け、足を組みながら、何でもない口調で言う。

「なに……!?」

が、それに峰岸があせった声を上げた。

「代行のトコに怪文書がまわってきたらしいぜ？　おまえが会の金をくすねてるって」

柾鷹がにやりと笑った。

「代行も非常に心配されててなー。まさか峰岸に限ってそんなことはねぇと思うが、っておっしゃってたんだがなー。その信頼を裏切るとは、同じ神代会に属する者としてまったく残念だよ。面汚しってのはこのことだな。まったく、数千万の補塡もできねぇとはなァ」

いかにも皮肉たっぷりな口調に、青ざめた峰岸が柾鷹をすごい目でにらみつける。

「きさま……。——おいっ！　おまえら、何やってる!?」

そしてようやく思い出したように、まわりに立っていた男たちに叫んだが、誰一人、動く人間はいなかった。

「残念ッ。スキンヘッドは面目なさそうにうつむいたままだ。

「残念ッ。おまえんとこの兵隊はみんな、物置で正座反省中だ。ここにいるのはうちの連中だけなんだなぁ」

柾鷹のそんな言葉に、峰岸の目が小狡く動く。

ガラス窓と二つある扉を探った瞬間——。

「——おい！　ヘタに動くなよ、峰岸。手間かけさせんな」

タイミングを計ったように、柾鷹の怒号が飛んだ。

ビクッ、と身体を震わせた峰岸が、柾鷹の方を見て顔を引きつらせる。

いつの間にか、柾鷹の膝の上で、冷たい鉄の塊が握られている。

——拳銃。らしきものだ。

見なかったことにしよう、と遙は目を逸らした。

「……失礼、組長」

と、こんな状況にもかかわらず、丁寧なノックのあと、狩屋が扉から入ってきた。

どうやら別室で待機していたらしい。

確かに狩屋が下っ端組員の真似事をするのは無理がありそうだな、と思う。風格がありすぎて。

……組長の風格は？　と思わないでもないが。

「知紘さんから連絡で、裏帳簿のデータを手に入れたそうです。横井という峰岸組長の金庫番が、帳簿のデータを親しい男に預けていたそうで」

「なんで知紘がそんなん持ってんだよ……？」

狩屋の報告に、柾鷹が解せないようにうめく。それでも、肩をすくめて言った。

「ふぅん…、じゃあ、ま、決まりだな。代行に連絡しろ」

「せ、千住……！」

あっさり言った柾鷹に、峰岸がうわずった声を上げた。

先を想像したのか、ガタガタと震え始めている。

「あとの処理はあっちに任せりゃいい。東京湾コースか、奥多摩《おくたま》コースか…、新築ビルの礎コースってのもあるか？　外洋まで船を出して魚の餌にするほど、手間はかけねぇだろ。ま、見せしめが必要だったら、アメリカのギャング並みに処刑スタイルってのもあるかもなー」

……コース選択はたくさんあるようだが、どれもあんまり想像したくない。

「おいっ！　おい、待てよッ、千住……！　ちょっ……――」

峰岸が血相を変えて叫んだが、すぐに両脇を男たちに取り押さえられ、テキパキとガムテが巻かれて、両手と口が封じられる。

ついでにスキンヘッドも膝をつかされ、同様に拘束されていた。

よく見ると、普通のガムテープではなく、銀色のダクトテープだ。ずっと強力なタイプ。

――常備してあるのか？　拘束用に？

それが日用品だと思うと、ちょっと恐い。

「連れてけ」

柾鷹が顎を振ると、もごもごと声を上げながら、二人が部屋の外へ連れ出された。

リビングにふっと一瞬、居心地の悪い静けさが訪れる。

それでようやく我に返ったように、床にすわりこんだままだった中路がおそるおそる妻を見上げた。

「み、美咲……？」

この男には、状況の半分も理解できていなかっただろう。

それでも自分が狂言誘拐をしたこと、妻を殺そうとしかけたことだけは、自覚があるはずだ。

その男を冷ややかに見下ろし、美咲の右手が上がったかと思うと、思いきり男の頬を張り飛ばした。バシッ！　と小気味よい音が響き、男の身体が軽く飛んだくらいの勢いだ。

おお…、と柾鷹が小さくつぶやく。

「車にもどっていらして。すぐに行きますから」

そして感情のない声でそれだけ言った。

なかば放心状態のまま、中路がよろよろと立ち上がり、ゾンビのような足取りで部屋を出る。

柾鷹が顎を振って、男が一人、そのあとをついていった。一応、見張りだろう。

そして美咲が、まっすぐに柾鷹に視線を向けてきた。

「おひさしぶり」

静かな、落ち着いた声だった。

「あぁ」

とだけ、柾鷹が返す。

知紘を産んで以来であれば、十七年ぶりになるのだろうか。

「知紘さんを…、とても元気に賢く育ててくれて、うれしいわ」

「あいつは勝手に育ったんだよ」

かすかに微笑んだ美咲に、柾鷹が肩をすくめる。

二人の会話を聞いているのは、……なんだろう？　やはりちょっと、妙な気分だ。

自分がいていいのかな、という気持ちにもなるし、きちんと見届けたい気持ちもある。

「朝木さんも……、本当にすみませんでした。巻きこんでしまって」

美咲が丁寧に頭を下げてあやまる。

「いえ…、俺が巻きこまれたのは柾鷹のせいで、あなたのせいではないですよ」

ちょっと軽口のように言うと、美咲がそっと笑った。

何かちょっとまぶしそうに、並んですわる二人を見比べる。

「よかったわね」

そしてそれだけ、柾鷹に言った。

ああ、と柾鷹がうなずく。

「知紘さんがお嬢さんを保護したそうですよ。ご自宅の方へ連れて帰ってくれるそうです」

何か電話でやりとりをしていた狩屋が、振り返って言った。

美咲が胸に手を当てて、大きく息を吐き出す。

じゃ、とこちらを見て軽く頭を下げた美咲に、柾鷹がぶっきらぼうに言った。

「一人貸すから、運転させていけ。どっちが運転してても危ねぇだろ」

確かに、中路は運転できる状態ではないだろうし、美咲が運転していても、自棄《やけ》になった中路に横からハンドルを握られでもしたらまずい。

「……ありがとう」

「おい。身代金、忘れてるぞ」

そしてそのまま出ようとした美咲に、柾鷹が声を投げる。

ああ…、と今思い出したように、美咲がちらりと床に投げ出されたままのボストンバッグを眺めた。

「お持ちになって。今回の迷惑料、……と、養育費の代わりに」

どうするんだ？　と遙は思わず柾鷹の顔を眺めたが、柾鷹は肩をすくめただけだった。

もらえるものは断らない主義らしい。

「ちーの口座に入れとけ」

美咲が行ってから無造作に指示した柾鷹に、はい、と狩屋がカバンに手をかけ、すぐに別の男に預ける。

かなり重そうだ。あの体積にぎっしり詰まっているとすると……、五千万は下らない。

銀行に行けるタイミングではなかったから、必死にかき集めたのだろうと思う。

それがまさか、夫の狂言とも思わずに。

「代行は何て？」

「高園さんでしたが、すぐに人を寄越してくださるそうです」

「じゃあ、こっちはいいな。あと、頼めるか？」

「はい」

そんな事務的なやりとりの間にも、バタバタと男たちが帰り支度？　を始めている。

「帰るか」

そして立ち上がった遙に、横に並んだ柾鷹がいやらしく腰に手をまわしてくる。

「なー、おまえさぁ…、正義のヒーローがピンチのところを助けに来たんだぜぇ？　もうちょっとリアクションはなかったのかよー？」

今さら不服そうに、柾鷹が唇をとがらせる。

「あっ、柾鷹！　やっぱり来てくれたのね！　……みたいな？」

裏声が気持ち悪い。

「いや、いるの、知ってたから」

澄ました顔で、あっさりと遙は言った。

へっ？　と柾鷹が怪訝な顔をする。

「でもおまえ、後ろは一度も見てなかったろ？」

「鏡に映ってたよ」

親指で正面の壁の鏡をさす。

「えー？　わかるかよ、そんなん……。遠いだろ。ちっせぇだろ」

鏡をのぞきこんで柾鷹がぶつぶつと言ったが、マスクと眼鏡をつけていても、普通にわかる。

多分、体格だけでも。

……だから、そんなに恐くはなかった。いつも通り、落ち着いていられたのだ。

「いつからいたんだ？」

歩き出しながら尋ねた。

「あー、一時間ちょい前？　意外と見張りが少なくてな。制圧してから、一人だけ残して、あとはうちのヤツらに入れ替えてたんだよ」

なるほど。残った一人があのスキンヘッドだったのだろう。多分、この現場のまとめ役で、あとは下っ端だったら、少々知らない顔が混じっていても峰岸は気にしない。スキンヘッドの方も、まわりが全部千住の組員では、うかつな動きもできなかったわけだ。拳銃的なものもあったし。

「……つーか、おまえ、俺の吠え面ってなんだよー？」

「え？」

「何度も見たことあるとか、峰岸にほざいてただろ？」

じとっと納得できないように見つめてくる。

「ああ…。お預けを食らわせたワンコの顔？」

あっさり返すと、むうう、と柾鷹がうなった。

否定はできないようだ。

「それ、あんま外で言われるとなー。俺の対外的なイメージっつーモンがなー」

ぶつぶつと文句を言いつつ、組員が一人、ピシリと立ってドアを開けたまま待っていた車に乗りこむ。

遙もその隣に腰を下ろすと、偶然みたいに触れた指を、柾鷹がギュッと握ってきた。

しばらく感触を確かめるように指を絡め、やがて車が動き始めると、おもむろに腕を伸ばして遙の腰に抱きついた。頭を太腿に乗せて、ハァ…、と深い息を吐き出す。

「心配したのか？」

男の髪を指先で撫でながら、遙はちらっと笑った。

「あ？　しないとでも思ってんのか？　知紘は、おまえが殺される、とかわめくしよー」

柾鷹がじろっと上目遣いににらんでくる。

ちょっと考えてから、遙は答えた。

「あんまりそれ、考えてる時間がなかったな。ほとんど気を失ってたから」

多分、幸いなことに、だ。

「そーかよ……」

柾鷹がむっつりとうなる。

遙はくすくすと笑った。

「よくわかんないけど、まあ、おまえががんばってくれたことはわかってるよ」

どれだけ心配して、どれだけ必死になって、どれだけ怒っていたか。

そうでなければ、一緒にはいない。

結局、そんな積み重ねでしかないのかもしれなかった。

人生の最期の時に、一緒にいられるとしたら。

ちろっと柾鷹が上目遣いに見つめてくる。

「ご褒美はー？」

顎を突き上げて、唇を突き出してくる。

目を閉じて、おねだりしてくる男の唇に、遙はそっとキスを落としてやった。

「――うおっ？」

本当にしてもらえるとは思わなかったのだろう。おそらく、軽く顔をたたかれるくらいの感覚でいたのだろう。

「え？　なに？　ご褒美、頼んでよかった？　いや、キスだけじゃダメだろっ」

「キスだけに決まってるだろ。ここでそれ以上できるか」

素っ気なくつっぱねた遙の顔を、柾鷹がじろじろとあちこちの角度から眺めてくる。

「……ふぅん？」

どうやらその言葉の意味を、正確に受け止めたようだ。

そしてにやりと笑う。

「俺に吠え面かかせんのはおまえくらいだよ」

――つまり、ここではまだ「お預け」だ、と。

その五日後——。

身支度を終えて家の外へ出た遙は、照りつける真夏の太陽に思わずため息をついた。

この炎天下に黒のスーツ。黒のネクタイ。葬式だった。

中路明彦の、だ。

ニュースで突然の訃報を知り、どうしようかと迷ったが、面識がないわけでもなく、とりあえずお焼香だけ、と思ったのだ。

柾鷹はもちろん行かないが、「喪服……！」に、やたらと反応していた。

帰ってきた時が恐い。

「あれっ？　遙センセー、お葬式？」

門の手前で、アイスキャンデーを手にしている知紘たちとぶつかった。どうやらコンビニ帰りらしい。

「あ、もしかして、中路の？」

「そう、一応ね」

さすがに察しがいい。

「急でびっくりだよね。ていうか、奥さん、大変だよねえ…。まあ、むしろ、気が楽になったのかもだけど」

ガリガリとアイスバーをかじりながら、身も蓋もなく言った知紘に、遙は愛想笑いを浮かべるしかない。

「里桜ちゃんのことはすごい必死だったもん。必死にお金集めて、運んで…、それで殺されかけたんでしょ？　里桜ちゃん、連れて帰った時も泣いてたし。やっぱり母親って、命がけで子供を守るもんなんだよねえ。さすがにあの男とはもう暮らせないでしょ」

「知紘くん……」

どこかしみじみと言った知紘に、遙はちょっと口ごもってしまう。

美咲さんはきっと、知紘くんのためにも必死になると思うよ。

そんなふうに言いたくなる気持ちをなんとか抑えて。

と、知紘が首をかしげた。

「ん？　あれ、遙先生？　そんな顔しなくていいよー。……えっと、知ってるよ。あの人、僕を産んでくれた人だよね」

さらっと言われて、思わず遙は目を見張った。

「え、知ってたの？」

「うん。だいぶん前から。中学くらいん時に調べたんだよね。時々、経済誌に載ってたり、ほら、中路と結婚した時とか、ちょっと話題にもなったから、顔もすぐわかったし」

あっけらかんと言った知紘だったが、ちょっと肩をすくめて微笑んだ。

「ま、産んでくれただけで十分だと思うよ。ヤクザの子なんて」

二人とも——名乗らないことを選択したのか。

やはり父親だけでなく、母の血も受け継いでいる。同じ強さ、そして似た面影だった。

自分がとやかくいうことではないんだな…、と、遙はそっとため息をついた。

「でも、里桜がおにいちゃん、って呼んでくれたの、なんかちょっとうれしかったなー。もちろん、そういう意味じゃないいんだろうけど。ツーショット写真、撮ったんだー。ちょっとすごくない？　父親の愛人宅でだよ？　人質状態の時だよ？　なんかある意味、歴史的だよね」

にこにことうれしそうに言う。

「ま、もう関わらない方がいいんだけどね」

そしてそれだけを小さくつぶやく。

知紘にとっても、あの偶然の迷子は、人生で唯一、母親と、そして妹との時間を、交わらせてくれたのかもしれない。

あとで小論文、持ってきまーす、と思い出したように付け足して、日射しを避け、知紘が母屋へ走って行く。生野がぺこりと頭を下げて、そのあとを追っていった。

ではあの時には、もう知っていたのだ。

知紘も、おそらく生野も。

俺の出る幕じゃないな…、とちょっと笑って、遙は先を急いだ。

政治家の葬儀だけに、菩提寺《ぼだいじ》にはたくさんの花が並び、さすがに参列者も多いようだった。まあ、義理だけだったにしても、だ。

焼香の列も長く続いていたが、手を合わせて顔を上げた時、喪主の席で一礼した美咲と目が合って、そっと視線だけで合図される。

列を抜けてから、親族席の裏側の方へまわってみると、中から顔を出した美咲に手招きされてちょっと奥へと入っていく。

内側からだと読経の声がさらに大きく聞こえ、焼香している参列者や、大人たちが何をしているのかもわからず、親族席で退屈そうにしている里桜の姿が垣間見える。

わざわざありがとうございます、と頭を下げた美咲に、遙はためらいつつ尋ねた。

「中路さんは……、もしかして、ご自分で？」

公式な発表では心筋梗塞ということだったが、さすがにこのタイミングだ。

娘の偽装誘拐と、妻への殺人未遂。美咲がどう処理するつもりかはわからないが、さすがに絶望したのか、と。

ただ自分で死ぬ度胸があったのが、少し意外だ。

「大量に睡眠薬を飲んだのよ。義母が処方されていたものだけれど。だから先生に頼んで、別の死因を発表していただいたの」

わずかに目を伏せて言った美咲に、やはり、と思う。しかし。

美咲は静かに続けた。

「義母が…、あの人と家に来ていた刑事との話を聞いてしまったようで」

「え？」

「孫を誘拐したのが息子だと気づいたみたい」

それは、つまり――。

ふいにゾクリとした。

思わず、親族席で参列者へ頭を下げている静子を見つめる。

まっすぐに背筋を伸ばし、以前会った時と同じ、穏やかで凛とした横顔だった。

一人息子の死を、気丈に耐えている――ようにも見えるのに。

その心の中はとてもうかがい知れない。

「私はあの人に失望していたけれど……、義母はきっと絶望したのね。息子としても、政治家としても。これ以上、恥をさらさせたくないと思ったのかもしれない」

「どうされるんですか？　これから」

離婚をする必要はなくなったわけだ。籍は抜けるが。

「義母を残してはいけないわ。それに実は、出馬を進めてくださる方がいて……、少し考えてみるつもり」

あまりに突然の死で、中路の地盤も混乱しているのだろう。

跡継ぎのいない状況で、知名度もある夫人が担ぎ出されるのは、ある意味、必然の流れかもしれない。

夫の遺志を継いで国政へ――、とか選挙活動をするのだろうか？　ちょっとブラックだ。

しかしやはり、一度腹を決めると女性は強いな、と思う。美咲も静子も。

したたかで、冷徹で、潔い。

「黒いつながりを持つつもりはないけれど」

美咲がくすっと笑う。

「それが賢明ですね。……あ、俺が言うことじゃないけど」

その言葉に微笑み、遙をじっと見て、美咲が一礼した。

「知紘さんを……、お願いします」

国政に打って出るとすると、本当にもう、二度と関わることはないだろう。

「知紘くん、知ってましたよ」

遙は静かに言った。

え、と美咲が大きく目を見張る。

「おにいちゃん、って里桜ちゃんに呼ばれたのがうれしかったみたいです。でも知紘くんも名乗るつもりはないと」

美咲が息を詰めて、二、三度瞬きする。そっとつぶやいた。

「私のためというより、里桜のためかしらね……」

そして目を伏せて、身体の前でギュッと両手を握りしめる。

「よかった……。産んでよかったわ」

震えるような声。

多分、その言葉だけで十分なのだ。

知紘もまた、十五の時に柾鷹が手に入れた、一つの幸運なのだから。

寺を出て、喪服の上着だけ脱いで腕に引っかけたまま、遙は駅へ向かった。

洪水のような人混みを抜け、足早に一人の男のもとへ帰っていく。

自分を「お守り」と呼ぶ男のもとへ――。

end.

ヒーローのご褒美

ご褒美《ほうび》っ、ご褒美っ、といかにも浮かれた様子で、柾鷹《まさたか》が車から降りてくる。

ほんの一時間ほど前まで、同じ神代会《かみしろかい》のヤクザを相手に命を張ったやりとりをしていたとは思えない暢気《のんき》さだ。

そしてその相手は、もしかするとあと数時間後にはこの世からいなくなっているかもしれないというのに。

あの緊迫した場面で見せていた男の姿と、今ここにいる男の姿に落差がありすぎて、やはり少しばかりとまどってしまう。

むろん、「仕事」中の柾鷹の姿を、遙《はるか》はよく知っているわけではない。今日のように、ほんの時折、垣間見るくらいだ。

自分の前では、たいていだらしなく、ぐだぐだしているだけのナマケモノで、屁理屈をこねながら隙あらば襲ってくるエロオヤジでしかないのだが、……どちらが本当の姿とは言えないのだろう。

常に崖の上を歩くように、一瞬の油断が命取りとなる世界で敵と渡り合っている男には、やはり緩急が必要なのだろうか、とも思う。

……自分の前でだけ、気を抜いて、頭を空っぽにして、ただゴロゴロと甘えていられるのなら、それは柾鷹にとって必要な時間なのかもしれない。

特に、今日のような一日の終わりには。

すでに夜の十一時に近かったが、車を降りると、やはりまだむわっとした空気が肌にまとわりついてきた。熱帯夜だ。

中路《なかじ》の別荘から帰ってきて、そのまま本家の離れに車を着けさせ、運転手が「何も見てません、聞こえてません」の真面目《まじめ》すぎる顔でドアを開けていたが、遙としてはちょっと気恥ずかしい。というか、いたたまれない感じはある。……まあ、今さらとも言えるのだろうが。

「ほらほらっ、とっとと行くぞっ」

遙の肩を抱き、足取りも軽く離れの家へ入っていく男になかば引きずられつつ、遙はなんとか男の腕を振り払った。

「ああ、もう。暑苦しいっ」

「あぁ？　俺の吠え面はたっぷり楽しんだろーが。今度は俺がおまえのアへ顔をじっくり堪能させてもらわねーとなー」

じっとりとねめつけるようにして言った男が、最後はにやりと笑ってみせる。

「AVじゃないぞ」

何がアへ顔だ。

むっつりと遙は返した。

「だいたいこんなにやけた顔じゃ、吠え面になってないだろ」

言いながら、遙は無造作に男のほっぺたを思いきり引っ張ってやる。

「なんれらりょーっ！」

抗議の声を上げた柾鷹の顔がちょっとおもしろくて、少しだけ憂さが晴れる。

吠え面――つまり、お預けわんこの顔だが、車の中でうかつに遙が期待を持たせる言い方をしてしまったために、その「お預け」が作用しなかったのだ。

おかげで終始にやけていたため、まったく吠え面にはならなかった。

「とりあえず、シャワーを浴びてこい」

二階へ上がり、遙は機先を制するように命令した。

ここでいきなり襲いかかられても面倒だ。

「一緒にはいろー？」

かわいこぶったおねだりする目で見上げてきたが、遙は言葉にしないまま、冷ややかに見つめ返す。

「……わかったよー」

ここでヘソを曲げられてもまずい、と思ったのだろう。

柾鷹が緩んだネクタイを外しながら、のそのそとバスルームへ向かっていく。

それを見送って、遙はとりあえずジャケットを脱ぎ、エアコンのスイッチを入れて、冷蔵庫に残っていたサンドイッチの残りを見つけると摘《つま》んで腹に入れた。

ようやく、なのか少し空腹を感じる。

……気絶していた時間が長く、実際の今日一日の活動量は、否応なく少なかったのだろうけど。

柾鷹はどうだろう？　と思いながら、ちょっと考えて、冷凍チャーハンをレンジに放りこんだ。少なくとも夕飯は食べていないはずだ。

かすかに耳に届く水音を聞きながら、思い出して玄関先に置かれていた郵便物をチェックして分類し、いらないものをゴミ箱に投げる。

そういえば、携帯を捨てられたんだった……、と、思い出してため息をつき、明日買いにいかないとな、と考えながら、とりあえずＰＣメールをチェックする。

新しい機種代は柾鷹に請求しようかな、と思っていると、ピーピー、とレンジの止まる音が聞こえてくる。

手持ちの株の状況をざっと確認し、思い出して部屋のパキラとネムノキに水をやる。

ありふれた日常の作業だ。

ほんの一、二時間前の状況と、今と。

どちらが現実なのか、幻なのか——と、そんなふうに思えてくる。

等しく共存していることに、少し意識がついていかない。三半規管がおかしくなったように、めまいにも似た浮遊感のようなものが身体に残っている。

あの時。柾鷹がいる——、と、わかって。

その柾鷹の前で、峰岸《みねぎし》と向き合って。

自分でも落ち着いていた、と思った。

しかしどれだけ危険な状況だったか、今さらに理解する。

遙先生が殺される——、と知紘《ちひろ》が叫んでいたそうだが、確かに、ほんの一時間の誤差があれば、遙は美咲《みさき》と心中させられていたということなのだ。

想像すると、ゾクリ、と恐怖が背筋を這《は》い上がってくる。

あの状況を客観的に思い返した今の方が、よりリアルに感じるのかもしれない。

しかしそれは、妙な興奮と混じり合い、じわりと身体が熱くなった。

『強がるのもいいかげんにするんだな……！ 待ってても誰も来ねぇし、おまえはここで死ぬ。明日、千住《せんじゅ》が吠え面をかくのをあんたに見せてやれないのが残念だよっ！』

そんなふうに叫んだ峰岸の声が、今も耳に残っている。胸倉をつかまれた手の感触と、息苦しさも。

あの時は自然と、ただ口に出るまま、峰岸としゃべっていたけれど。

なぜかふいに、ドキドキしてきた。

バスルームをちょっとのぞいて、柾鷹が洗面所に脱ぎ散らかしていたスーツを軽く畳んで皺《しわ》にならないようにする。

「……遙ー？ シャンプー、切れてるぞぉー」

遙がいる気配に気づいたのだろう、中からそんな声が聞こえてくる。

「ああ……」

そうだっけ、と思いながら、遙は洗面所の戸棚を開けて、ストックを取り出した。

少しばかり夫婦めいた、馴染《なじ》んだやりとりがちょっと気恥ずかしい。

「ほら」

バスルームのドアを軽く開き、シャンプーを差し出す。

——と、その腕がいきなり強くつかまれ、次の瞬間、浴室へ引っ張りこまれていた。

頭上から降り注ぐシャワーで、あっという間に全身、びしょ濡《ぬ》れになる。

「なっ…、バカ……っ！」

思わず叫んだが、シャツもズボンも水を吸い、一気に重くなった。

「おー！　いいなっ。そそるなー、スケスケの乳首」

しかし全裸の男はニヤニヤと笑って、遙のシャツの上から胸に触ってくる。

「こんなところでサカるな」

その手をぴしゃりとたたき落とし、ぐっしょりと濡れた髪を掻《か》き上げながら、ため息をついてじろりとにらむ。

普通に用心すべきだった…、と今さらに反省する。

「ほらほら…、もう濡れちゃったしなー。仕方ないよなー」

勝手なことを言いながら、柾鷹の手が遙のベルトに伸び、強引にズボンを脱がそうとしてくる。

「おい…、よせ……っ」

遙はとっさに男の手を引き剝《は》がそうとしたが、やはり何というか、ノールールの近接格闘戦に慣れている男は手際がよく、あっという間にズボンを引きずり下ろす。そうなると、足にズボンが絡まってまともに身動きとれず、仕方なく足から引き抜いたズボンを、柾鷹が無造作に空のバスタブへ投げ入れた。

中路の自宅を訪れるということで、そこそこいいズボンを選んでいたのに、ものすごい皺になりそうだ。

下着も一緒に剝ぎ取られ、下肢はシャツの裾でようやく隠れている状態だったが、男は無遠慮に手を伸ばしてくる。

「……ん？　あれれ？　どうした……？　もう半ダチじゃねぇか」

指先で軽く遙のモノに触れ、男がうれしそうな声を上げる。

「おまえもそんなに期待してたとはなァ…。ツンデレさんだな、ええ？」

にやにやと視線を上げて、遙の顔をのぞきこんだ。

「これは……、……違う…っ…」

思わず遙は視線を逸《そ》らし、とっさに否定する。知らず頰が熱くなっていた。

「違わねーだろ。つーか、俺とやる期待以外で、こんなにしてたら問題だろ。……あ？　それとも、こっそりエロビとか見てたのか？」

因縁をつけるみたいに言いながら、男の手が遙のモノを軽く握りこみ、指でゆるゆると先端やくびれのあたりを刺激する。

「単に……、生理的な反応だ……」

アドレナリン的な問題だ。

ついさっきまでのことを思い出していたから。

動きを封じられた形で身体を強ばらせたまま、遙は必死に言葉を押し出す。

「ふーん？　生理的ねえ……」

疑わしげに言いながら、柾鷹が爪でシャツの上から、遙の乳首をカリッと引っ掻いた。

「——はんっ…、あぁ……っ！」

それだけでビクッと全身に痺《しび》れが走り、大きく身体がのたうつ。

「おいおい…、たまんねぇなぁ……」

男の顔がやに下がり、いったん遙の下肢から手を離すと、両腕で囲いこむようにして、顔を近づけてくる。

一瞬、背けた遙の顎が引きもどされ、唇が奪われる。あっという間に舌が絡めとられ、何度もきつく吸い上げられた。

パタパタと柾鷹の裸体にあたって跳ね返るお湯の感触がくすぐったく、シャツの裾から肌を伝い落ちる感触が妙に生々しい。

「ほう…、絶景だな。ぷりぷり乳首だ」

と、ふいに柾鷹のいやらしい声が聞こえたかと思うと、ぐっしょりと濡れたシャツの上から、浮き出した乳首が甘《あま》噛《が》みされる。

「あっ、あ……、バカッ、よせ……っ」

ズクッ、とそこから下肢へと突き抜けるように刺激が走り、遙は思わず身をよじったが、しかし両腕はがっちりと押さえこまれたまま、まともな抵抗もできない。

「あぁ……っ、ダメ……そこ……っ」

両方の乳首がさんざん指でいじられ、舌で、歯でもてあそばれて、遙の中心は恥ずかしくシャツの裾からはみ出し始めていた。そのまま膝が崩れそうになる。

おっと、と男の腕が遥の身体を抱きかかえるように引き起こした。

「おお、すげぇ…。どうした？　乳首だけでイッちゃうか？」

意地悪く耳元でなぶってから、その身体を反対側の、タオルバーだけのすっきりした壁へともたれさせる。

遙は反射的にアイアンのタオルバーに手をかけて、身体を支えた。

荒くなった息を整えている間に、背中から覆い被《かぶ》さってきた男の身体が密着し、腕いっぱいに抱きしめてくる。びしょ濡れのシャツの襟を引き下ろすようにして、首筋に、うなじに唇を押し当てる。

遙の存在を全身で確かめるみたいにして、身体の奥から深いため息をもらした。

「あんま、急にいなくなんなよなー……」

ちょっとした泣き言みたいな声。

別に、遙がそうしたくてしたわけでもないのだが。

「俺に関しては鼻が利くんだろ？」

どこにいても、必ず見つけてくれる。

ちらっと肩越しに振り返って、うかがうように眺めると、柾鷹がわずかに目を見開いた。

「ああ…。ま、どこにいても見つけてやるけどなー」

自信たっぷり、というよりは、あたりまえみたいな声。

遙はちょっと吐息で笑った。

「俺が本気で隠れる気がなければ、だな」

いざとなれば海外へ飛べばいい。

が、飛行機恐怖症を克服して、どこまでも追いかけてくるのだろうか。

「やめろよー、そういうの」

察したのか、げんなりした声で柾鷹がうめく。

「鬼ごっこは得意だが、かくれんぼはそれほどでもねーんだよな……」

つぶやくように言った言葉に、なるほど、という気がする。

「ま、おまえがしたかったのも鬼ごっこだろうしな」

柾鷹が鼻を鳴らすようにして笑った。

そうだ。遙が逃げていた十年間。

隠れていたわけではなかった。すぐにあとを追えるくらいに。……追いかけてくるのを確かめるみたいに。

捕まったのか。待っていたのか。

遙は肩越しに男の目をじっと見つめた。

「全力で……、迎えに来いよ」

低く言った遙の顔を見つめ返し、柾鷹がニッと笑う。

「いつだって全力だ」

そんな言葉とともに、こすりつけるように男のたくましい胸が背中に押し当てられ、熱い体温がシャツ越しに沁みこんでくる。

内腿のあたりに、あからさまに硬いモノがあたる。

前にまわってきた両手が、シャツの上から胸を撫《な》でまわし、両方の乳首をもてあそぶように押し潰した。

「ん…っ、……あ……」

びくん、と反射的に顎を上げ、遙はあえぎ声を噛み殺す。

「……うん。イイ感触だ」

背中で楽しそうに男がつぶやき、その両手が脇腹からさらにすべり落ちて、足の付け根あたりを撫でてくる。

遙は浅い息をつきながら、男の指の感触に意識を集中させてしまう。

「……おっと、イイもの、みっけー」

そんな言葉でいったん男の手が離れたかと思うと、次の瞬間、肌に張りついたシャツの裾がめくり上げられ、背中から尻にとろっと、何か液体が落とされた。

「あ……」

覚えのある独特の匂い。

馬油のマッサージローションだ。夏場の日焼けのケアに置いていたものだった。

「可愛《かわい》いお尻がツルツルのテカテカになりそうだなー」

にやにやと言いながら、男の手が尻から内腿へと塗り広げていく。

ぬるりとした指に根元の双球が揉《も》まれ、さらに裏スジを軽くなぞるようにされて、遙はたまらずビクビクと腰を揺らしてしまう。

「あ…、あぁ……っ」

いつの間にか硬く反り返った自分のモノが、男の手の愛撫《あいぶ》をねだるみたいに先端から蜜をこぼしていた。

自分の目でそれを見て、カッ…、と頬が熱くなるのがわかる。

「カワイーなー」

そんな遙を喉で笑いながら、男の指が遙のモノに絡みついた。

「あぁぁ……っ！　あ…、ん……っ、あぁっ」

強弱をつけて巧みにこすり上げられ、くびれが指先でいじられて、遙はたまらず腰を跳ね上げる。ぬちゅっ、と湿った音が耳について、さらに恥ずかしさが募る。

「気持ちイイのか……？　ん？」

首筋をなめるように舌を這わせながら、男が腰を密着させ、あからさまに硬いモノが内腿に押しつけられる。

「あ……、ん……っ」

熱くて、硬くて。ずっしりと重くて。

それがぐずぐずにとろけた自分の身体の中を貫いていくイメージだけで、じん、と甘い痺れが下肢にたまる。

吐息で笑い、男がいったん身体を離した。

無意識に突き出された尻が撫でられ、その谷間へゆっくりと骨太の指がすべりこんでくる。ローションにまみれた指先が硬い窄《すぼ》まりをなぞり、爪で掻きまわすようにしてゆっくりとほぐしていく。

「あ…っ、ん……あぁ……っ、あ……ふ……」

やがて襞《ひだ》がほころび始め、男の指をしゃぶるみたいに収縮を始めると、ゆっくりと指が中へ沈んできた。

「あ……」

根元まで深く埋めると、硬い感触が馴染ませるように中を掻きまわし、やがて二本に増えて、何度も抜き差しする。

指だけなのに、ふだんよりひどく敏感に、男の関節や爪の感触まで中で感じてしまう。

遙はタオルバーにつかまったまま、恥ずかしく腰を突き出していた。

「んん？　どうした、いつもよりずいぶんと感じてんなァ……」

柾鷹もそれに気づいたのか、うれしそうな声が背中に落ち、さらに指の動きを激しくする。

「――ひぁ……っ！　あぁぁ……っ！」

関節を大きく曲げ、指先でちょい、ちょい、と一番感じる部分を押し上げるように突かれて、遙は大きくのけぞるようにしてあられもない嬌声《きょうせい》を上げてしまう。

まずい……、と思う。

やはり拉致された――いや、ヤクザとやり合った高揚感みたいなものが続いているのだろうか。

あんなことに興奮を覚えるような性癖にでもなってしまったら、本当にまずい。それが柾鷹にバレてもまずい。

でも——。

「すげぇな……」

ため息をつくようにつぶやくと、柾鷹が一気に指を引き抜いた。

「や……、あぁ……」

思わず失望にも似た声がこぼれ落ち、男が低く笑う。

「ほら…、こっちの方がイイだろ？」

わくわくとした声が耳元で落ち、男の熱い切っ先が後ろに押し当てられた。

「あ……」

硬く濡れた先端が浅く潜りこませるように襞にこすりつけられ、軽く掻きまわされて、知らず遙の喉が鳴る。やわらかく溶けきった襞が浅ましく男のモノに絡みつき、くわえこもうと収縮しているのがわかる。

——欲しい。

激しく中を、奥をいっぱいに突いてほしい——。

そんな欲求が腹の奥からこみ上げてくる。

「まさ……たか……っ」

たまらずうめいた遙に、男が肩口に頬をこすりつけた。

「俺の、欲しいか？　ん……？」

耳元で熱っぽい声が尋ねてくる。

わずかに先端が浅く押し入れられ、遙は切なく腰を締めつけてしまう。

「入れてイイ？」

さらに可愛く聞かれ、遙は何度もうなずいた。

「中……、入れて……っ」

「最高……」

大きく息を吸いこみ、男が遙の腰をつかむと、一気に中を貫いた。

「は……、――あぁぁぁ……っ！」

自分でもわからないまま、高いあえぎ声がほとばしる。

遙の腰を押さえこんだまま、柾鷹が何度も深く打ちつけた。ガツガツと一番奥までえぐられ、意識ごと、痺れるような快感に呑みこまれる。

「ふ……、あ……、あぁっ、あぁ…っ、いい……っ、いい……！」

浮かされたような声が、呑みこみ切れない唾液と一緒にこぼれ落ちる。

頭の芯まで男の熱に焼き尽くされ、頭の中は真っ白だった。

根元までずっぽりと埋めたまま、柾鷹はいったん腰の動きを止め、背中から遙の身体を抱きしめる。

「ハハ……、こりゃ、すげぇ……。むっちゃ、締めつけがキツい……」

うなじに触れる熱い吐息がくすぐったい。

「どうした……？　今日はすげぇ感じてんのな？」

低く笑われて、遙は思わず唇を噛んだ。

「ちょっと動かすたんびに中がビクビクして、俺のにきゅうきゅう絡みついてんぞ？」

「う…るさ…い…っ……」

よけいなことを言うなっ、と怒鳴りつけたいが、小さく声を出すだけで、背中がビクビクと震え、それが中まで伝わってしまう。

「イイご褒美だァ……」

満足げにつぶやくと、男が遙の腰をつかみ直した。

「ほら……！」

そして下から突き上げるようにして、激しく揺すり上げる。

「あぁぁあっ！——はん…っ、あぁっ、あぁっ！　あぁぁ……っ！」

あっという間に、遙は絶頂の際まで追い上げられた。

しかしイク寸前で再び動きを止められ、一瞬、パニックになる。

「いやぁ……っ、ダメ……、もう……っ」

「すげぇな…。前もぐしょぐしょ」

男の手がするりと遙の前にかかり、とろとろと蜜を溢《あふ》れさせる先端を指の腹で軽くいじる。

「ひぁ……っ！　ふ…ぁ……っ…」

それだけで全身を突き抜ける刺激に、身体がおかしくなりそうだった。

ジンジンと疼《うず》ききった身体が、吐き出す先を求めてのたうつ。

「遙……、遙、イキたい？」

優しげな声で聞いて、柾鷹が耳たぶをかじる。

「……っ、ぁん……っ」

ズキッと甘い刺激が全身に散って、どくっ、とまた蜜が溢れ出す。

喉の奥で笑いながら、男の指がシャツの上から乳首を摘む。

「いや…ぁ……っ、ダメ……！」

遙は子供みたいに身をよじった。

シャツ越しの刺激がひどくもどかしく、じれるように腰が揺れる。少しでも中の男を感じようと、ぎゅうぎゅうと締めつけてしまう。

宥《なだ》めるように緩く動かされ、しかしよけいに強い刺激が欲しくてたまらなくなる。

「イクか？　ん……？」

誘うような、甘い男の声。

「イク…ッ、いかせ……」

「じゃあ、このあと、ベッドでしていい？」

「な……」

しかし続いた言葉に、遙は一瞬、我に返る。思わず目を見張った。

最低にずる賢い。まったくヤクザのやり口だ。

「ダメか？　ダメならもうちょっと、このまま……」

軽く腰を揺すられ、バスルームいっぱいに反響するような悲鳴を上げてしまう。

無理。それは無理だ。

「わか…、わかったから……っ」

「よしよし」

絞り出すようにうめくと、満足そうに男がうなずく。

「今日は一緒に、いっぱいイこうなー」

そして楽しげに、勝手なことをほざくと、遙の腰をしっかりと抱え直す。

「──ん…っ、ふ……、あぁぁぁぁぁ………っ！」

いったん入り口まで抜けた硬いモノが、再び一気に根元まで突き入れられる。

立て続けに激しく中がこすり上げられ、一番奥までえぐられて、遙はすさまじい快感の波に呑みこまれた。

一瞬、意識が飛んだあと、甘い陶酔が全身を包んでくる。

自分の荒い息づかいが耳に届き、自分の出したものが目の前の壁に飛び散っているのをぼんやりと見つめる。

「たまんねぇ……。鳥肌立つな……」

大きな息とともに背中で柾鷹がつぶやき、大型犬が懐くみたいに大きな身体が遙の背中を抱きしめてくる。

自分の身体を包みこむ太い腕に、遙はそっと、手のひらで触れた。

がっしりとたくましく、いつも遙のそばにある腕だ。

……多分、離れていた時でさえ。

もしも遙に命の危険があれば、どこへでも現れてこの腕を伸ばしたのかもしれない。

名残惜《なごりお》しそうにしばらくじっとしていたが、やがてようやく、男が中のモノを引き抜いた。

「あ……」

まだ硬さを残したモノが敏感な中をこすり上げ、ゾクッと身体が震えてしまう。

中に出されたものが、とろりと内腿を伝って溢れ出した。

「……おっと。大丈夫か？」

ずり落ちそうになった身体が抱き起こされ、そんなふうに聞かれるが。

じろっと遙は男をにらみつける。

「大丈夫だと思うのか？」

「んー。まっ、第二ラウンドに支障はないな」

視線を逸らせ、とぼけたように言った男の頬を、軽く拳で殴りつける。

まったく力が入らず、効いているようではないが。

「……ほら。連れていけ」

遙は腕を伸ばして男の首にまわすと、容赦なく身体を預けた。

――身体も、そして心も、だ。

そのくらいはしてもらわなければ、割に合わない。

「仰せの通りに」

にやっと笑って、うやうやしく男が一礼する。

これからの一生をともに過ごして、割が合うかどうかは、きっと最後の瞬間にならないとわからない。

けれどそんな計算は、苦手ではないのだ――。

end.

あとがき

こんにちは。最凶、なんと今作で15冊目ということになりました。一番最初に書いた時には、雑誌掲載の1回で終わっていましたので、本当に我ながら驚きです。というか、何度も言いますが、最初は学園物でしたのでね。思えば遠くへ来たものです……。そしてここまでたどり着けましたのも、こんなに長く応援していただいている皆様のおかげに他なりません。本当に、本当にありがとうございます！　ただただ感謝です。

15冊目ともなれば、柾鷹たちもすでに熟年夫婦の感があり（笑）、二人の間に恋愛的波風が立つことはほとんどなくて、その分陰謀めいたお話になっております。ま、遙さんが狙われまくってますからね。とはいえ、今回は知紘ちゃん出生の秘密（というほどでも…）が明らかになりつつ、シリーズ、長くお付き合いいただいております方には見覚えのあるキャラがちらほらと顔を出し、そのあたりも楽しいお話かと思います。なのですが。今回、お布団シーンが！　ほぼないという！　スラッシュレーベルなのに！　本編には入る余地がなく（BL的存在意義……？）後ろのショートになんとか入れることができました。なんか、ほんと、すみません……。

毎回イラストをいただいておりますしおべり由生さんにも、こんなに長くお付き合いいただいて本当にありがとうございます。気がつくともう、二十年……？　すごい。ずっとご迷惑をおかけしっぱなしですみません…っ。漫画版の方でも、生き生きと動く柾鷹や遙さん、そして狩屋にワクワクしておりました。今回はしおべりさんお気に入りの知紘ちゃんが大活躍でして、登場シーンも多く、イラストがとても楽しみです。が、例のごとくページと時間を食ってしまいまして、本当に申し訳ない限り……。いつも感謝ばかりです。編集さんにも、相変わらずご無理ばかりでご迷惑をおかけしておりますが、時々送っていただく面白ヤクザネタが毎回大変楽しく（笑）またよろしくお願いいたします。

そしてこちらを手に取っていただきました皆様にも、本当にありがとうございました。もしや初めて、という方がいらっしゃるかどうかわかりませんが、とりあえず笑えるヤクザものですので、気楽にお読みいただければと。最凶の世界でひととき、憂さを忘れてドキドキ、ハラハラ、にやにやと笑って、お楽しみいただけたら本望です。どうかまた、お会いできますように――。

8月　かき氷は白玉抹茶。……あ、今年はまだ食べてない……。

水壬楓子

初出一覧

for a moment of 15 —十五の頃—　／書き下ろし
ヒーローのご褒美　／書き下ろし

世界の乙女を幸せにする小説雑誌♥
小説ビーボーイ
小説b-Boy
読み切り満載!!
4月,10月
14日発売
A5サイズ
人気作家陣の
豪華新作めじろおし!
ヒットシリーズ最新作も登場♥
コラボ、ノベルズ番外ショート、
特集まで盛りだくさんでお届け!!
ビーボーイ編集部公式サイト
https://www.b-boy.jp
雑誌情報、ノベルズ新刊、イベントはここでお知らせ!
小説b－Boy最新号の試し読みもできるよ♥
イラスト／みずかねりょう

ビーボーイスラッシュノベルズを
お買い上げいただきありがとうございます。
この本を読んでのご意見・ご感想をお待ちしております。

〒162-0825　東京都新宿区神楽坂6-46
ローベル神楽坂ビル4F
株式会社リブレ内　編集部

アンケート受付中
リブレ公式サイト　https://libre-inc.co.jp
TOPページの「アンケート」からお入りください。

SLASH
B-BOY NOVELS

最凶の恋人—for a moment of 15—

2021年9月20日　　第1刷発行

■著　者　　水壬楓子

■発行者　　太田歳子
■発行所　　株式会社リブレ

〒162-0825　東京都新宿区神楽坂6-46　ローベル神楽坂ビル
■営　業　　電話／03-3235-7405　FAX／03-3235-0342
■編　集　　電話／03-3235-0317

■印刷所　　株式会社光邦

Printed in Japan
ISBN978-4-7997-5298-2